Espasa Juvenil

Concha López Narváez

La colina de Edeta

10

ESPASA

ESPASA JUVENIL

Director Editorial: Javier de Juan y Peñalosa
Editora: Nuria Esteban Sánchez
Diseño de Colección: Rosa Gallego y Juan Carlos Sanz
Ilustraciones de Interior y Cubierta: Juan Ramón Alonso

Primera edición: enero, 1986
Octava edición: septiembre, 1996

Depósito legal: M. 17.203-1996
I.S.B.N.: 84-239-8858-9

Impreso en España/Printed in Spain
Impresión: Huertas, S. A.

Editorial Espasa Calpe, S. A.
Carretera de Irún, km 12,200. 28049 Madrid

Concha López Narváez *nació en Sevilla, donde estudió Filosofía y Letras, licenciándose en historia de América. Durante toda su niñez vivió en un pueblo blanco, salpicado de huertas, naranjales, olivos y viñedos. Quizá por eso le guste tanto vivir en el campo, entre plantas silvestres y animales libres.*

Durante algunos años se dedicó a la enseñanza y ahora escribe para niños y jóvenes. En ambas profesiones se ha sentido igualmente contenta. En el año 1984 recibió el ***Premio Lazarillo.*** *Su novela* La tierra del Sol y la Luna *(también en esta colección) ha sido nominada para la* ***Lista de Honor del IBBY, 1986.***

Con Espasa Calpe ha publicado también unas historias del campo andaluz, El fuego de los pastores, *y una novela histórica en el camino de Santiago,* Endrina y el secreto del peregrino.

* * *

A mis hijos:
María, Rafael, Miguel y Teresa.
Para que siempre tengan una causa
y una Tierra que amar.

Índice

Introducción

Este relato comienza en el año 210 a. de C., cuando un comerciante griego y su hijo llegan, con sus mulas cargadas, a la ciudad ibera de Edeta (la actual Liria, en la provincia de Valencia). Por aquellos días, el general romano Publio Cornelio Escipión desembarcaba en la colonia griega de Emporion (la actual Ampurias) para continuar las luchas contra los cartagineses, iniciadas en la península Ibérica ocho años antes.

En la narración, en la que alternan hechos sencillos y cotidianos con importantes acontecimientos históricos, hay personajes cuyos nombres recuerdan la Historia, como son los iberos, Edeco, Indíbil, Mandonio, Culchas y Attenes; el celtíbero Allicio; los generales romanos Publio Cornelio Escipión, Léntulo y Acidino; y, por último, los cartagineses Aníbal y Asdrúbal Barca, generales de los ejércitos púnicos; pero hay también otros personajes cuyas vidas han sido imaginadas: Licos, el hombre de las palabras calmadas; Lisias, su hijo, el muchacho que soñaba con la emoción de marchar a lejanos países y con la alegría de regresar luego junto a sus amigos; Ater, el de la mirada indómita, para quien no había cielos más hermosos que los de Edeta; Imilce, la hija de la sacerdotisa, ante cuyos pasos no huían los animales libres; Noranus, el pequeño gran guerrero, que no quería dejar de ser niño... Attia, Amia, Norisus, Togialcos...

En el tiempo en el que se desarrolla esta historia, convivían en la península Ibérica pueblos de distintas razas, costumbres diferentes y diversos grados de cultura. En sentido muy amplio se les llamaba a todos iberos; pero iberos propiamente dichos eran únicamente aquellos pueblos que se extendían por el este de España, desde Andalucía hasta el Pirineo catalán, y aquellos que ocupaban una parte considerable de la margen izquierda del río Ebro. Unos y otros, debido a la proximidad del Mediterráneo y a la riqueza de sus tierras, mantuvieron durante siglos intensas relaciones con fenicios, griegos y cartagineses, que desde muy antiguo habían establecido colonias comerciales en las costas del sur y el este de la Península. Por esta causa los conocimientos de los iberos se vieron enriquecidos con otros más avanzados, lo que dio lugar a una cultura muy superior a la de otros pueblos de España (celtas, celtíberos y primitivos o protoiberos). Prueba de ello son las hermosas cerámicas halladas en el Cerro de San Miguel, de Liria; las esculturas de las Damas de Elche o Baza, y el hecho de que la escritura no fuera patrimonio de las clases elevadas, como atestiguan las inscripciones encontradas en piezas de alfareros.

Sin embargo, no se puede hablar de una única

cultura ibérica, como no se puede hablar de un pueblo ibérico, sino de culturas y pueblos ibéricos; porque los iberos no tuvieron nunca conciencia de pertenecer a un tronco común, ni mucho menos de formar parte de una nación. A pesar de todo, presentaban rasgos comunes y se influían los unos en los otros; e incluso, en ocasiones también recibían influencias de otros pueblos próximos, como era el caso, por ejemplo, de los iberos de Edeta, que, a la manera de sus vecinos los celtíberos, hacían de la hospitalidad un deber y un rito.

Las ciudades, los montes y los ríos de los que se habla en esta historia son nuestros ríos, nuestros montes y nuestras ciudades; sin embargo, los nombres con los que entonces eran conocidos no son los mismos con los que ahora los conocemos; por esta causa han sido incluidos en el glosario.

Por último, me parece necesario aclarar que para los iberos la realeza no tenía el mismo significado que para otros pueblos. El rey era únicamente un hombre que, de alguna forma, generalmente por su valor en la guerra, se había distinguido entre los demás. Por ello, su casa, su familia y su forma de vida no eran diferentes de las de otros hombres importantes de su pueblo.

1
Ater y su familia

A Lisias le agradaba aquel muchacho recio y moreno que había dicho llamarse Ater y tener trece años, los mismos que él tenía. La mirada de sus ojos oscuros, aunque un tanto altiva, parecía sincera. Vestía una túnica corta, ceñida con un ancho cinturón del que pendían un cuchillo de puño labrado y una larga honda de esparto. Adornaba uno de sus brazos con un brazalete de bronce, en el que había grabado una cabeza de guerrero, y de su cuello colgaba un extraño amuleto.

De pronto Ater, advirtiendo que Lisias lo observaba, se detuvo un momento bajo la lluvia y lo miró de frente, sin sonrojo alguno. Luego continuó el camino sonriendo, porque aquel muchacho alto, de cabellos claros y mirada amistosa, también era de su agrado.

Marchando hacia la ciudad de Edeta, Ater hablaba como si fueran viejos amigos. Lisias y Licos, su padre, acababan de conocerlo, y ya sabían que el hermoso potro al que habían ayudado a detener y tranquilizar cuando huía de la tormenta se llamaba *Belenos* porque su piel era negra y brillante, que había

sido cazado al comienzo de la estación cálida, y que aún no estaba adiestrado; esa era la causa por la que se espantó, sin atender a la voz de su dueño, cuando los cielos se abrieron de improviso sobre los campos y el trueno hizo pedazos el silencio de la tarde.

—Es un animal inquieto, pero noble y bravo; aunque se revuelve, no cabecea, y siempre mira de frente —explicó el joven ibero acariciando suavemente el cuello negro del potro.

—Será un buen caballo, Ater —exclamó Lisias con un tono de sincera admiración en su voz.

Ater asintió y se dijo que aquel muchacho, a quien apenas conocía, cada vez le agradaba más.

—Que los dioses te acompañen, Ater —dijo Licos,

el comerciante, cuando estuvieron ante las murallas de la ciudad de Edeta—. Y ahora apresurémonos, Lisias, hijo mío, pues debemos hallar aposento antes de que la fuerza de la lluvia llegue a estropear la carga de nuestras mulas.

Ater se volvió hacia él precipitadamente; sus ojos negros brillaban.

—¿Cómo hablas de buscar aposento? ¿Desdeñas acaso la hospitalidad de Norisus, el gran guerrero? ¿Vas a proporcionar a otros la alegría de recibiros y las bendiciones que los dioses reservan para los que hospedan a los que van de camino?... ¿De qué modo saldaré entonces la deuda de gratitud que con tu hijo y contigo contraje cuando me ayudasteis ambos a detener mi caballo?

Licos conocía la tradicional hospitalidad de los pueblos de Iberia, pero la excitación del muchacho le hizo sonreír:

—No te alteres por causa tan pequeña, Ater, gustosamente te acompañaremos; temía únicamente ser gravosos para tu familia.

—¿Gravosos? En casa de Norisus, mi padre, hay lugar suficiente para cuantos viajeros llamen a la puerta, ya sean dos, cuatro, seis u ocho..., pero acomodemos ahora mulas y caballos y vayamos luego allí donde hemos de encontrar el fuego que seque nuestras ropas y la bebida dulce que reponga vuestras fuerzas.

Cuando caballos y mulas quedaron en el recinto destinado a los animales, Licos y Lisias marcharon con Ater al hogar de su familia. Dejando atrás un edificio de piedra y adobe, que por su tamaño debía de ser un granero, y una profunda cisterna que en aquel momento recogía las primeras lluvias del año, subieron por una empinada y estrecha calle, en la que las casas, pequeñas, se apiñaban las unas junto a las otras; a ambos lados de cada puerta había hachas con los filos hacia arriba, para proteger a sus habitantes de las iras del dios de la tormenta.

Se hallaban en la parte baja de la ciudad, aquella en la que vivían las gentes más sencillas. Lisias pensaba que el hogar de Ater aún debía hallarse lejos, seguramente en la parte alta, donde solían vivir los nobles y las personas importantes. Él mismo lo había dicho: su padre era un gran guerrero y en su vivienda podía alojar sin dificultad a ocho viajeros al mismo tiempo. Sin embargo, advirtió asombrado que el muchacho se dirigía hacia una de las pequeñas casas y les mostraba la entrada.

—¡Padre, madre, Amia! —gritó Ater empujando la puerta—. Los dioses nos envían sus bendiciones en las personas de estos viajeros. Son Licos, el comerciante, y su hijo Lisias, que hoy están aquí y mañana allí; ellos me ayudaron a detener el caballo cuando lo espantó el trueno y...

—Cálmate ahora, hijo, y permíteles entrar, que aun desde lejos se aprecia que están necesitados de reposo —interrumpió una mujer todavía joven que cuidaba de la olla de barro que humeaba al fuego. Lisias observó que tenía una profunda y amable mirada y que su vientre se abultaba bajo la túnica.

Norisus, el guerrero, se adelantó con las manos extendidas. No era un hombre alto, pero sí muy fuerte; más aún que su padre, reconoció Lisias. Como Ater, era recio sin llegar a ser tosco, y también como él, tenía el pelo rizado, muy negro, cayendo sobre el

JRA

cuello, y los ojos ardientes y sinceros; vestía una túnica corta y sencilla y no llevaba adornos ni en las manos ni en los brazos.

—Os recibo agradecido a los dioses que os envían. Mi casa es vuestra casa mientras permanezcáis en ella. Ahora tomad asiento junto al fuego, que aunque los días aún son templados, vuestras ropas están mojadas.

Licos y Lisias se sentaron en uno de los bancos de adobe que, adosados a la pared, estaban próximos al hogar, y una muchacha, una niña casi, les ofreció una bebida de cereal fermentado. Era muy hermosa. Lisias observó que su mirada y su sonrisa eran iguales a las de Ater.

Éste, que hasta entonces había estado entretenido con dos perros de caza, se aproximó al fuego blandiendo una gran falcata con una cabeza de águila hermosamente tallada en la empuñadura.

—Mira, Lisias —exclamó alzándola—, corta el aire. Pronto será mía, mi padre así lo ha prometido; aunque yo sería capaz de utilizarla en este momento.

—Basten ahora honda y cuchillo, que tiempo habrá luego para falcata y lanza —dijo Norisus tomándosela de las manos y volviéndola a la pared, de la que, según observó Lisias, pendían otras muchas armas además de otras tantas pieles de lobo, ciervo y toro salvaje.

Ater advirtió su mirada:

—Mi padre es un gran guerrero, muchas de estas armas las arrancó de las manos de nuestros enemigos. Ninguno hay superior a él en toda la Edetania ni aun fuera de ella —exclamó con mal disimulado orgullo.

Norisus se volvió hacia él.

—Tu padre no es sino Norisus, hijo de Garo, un guerrero que, acogido a la protección del noble Ampáramo, el de la espada no vencida, ha luchado junto a él sin retroceder jamás. Nunca perdí las armas, porque si las hubiera perdido, la hierba que mata, el cuchillo o mi propio ceñidor alrededor del cuello, hubieran dado buena cuenta de mi vida —dijo con profunda convicción—. Y puesto que yo mismo así me he presentado —añadió tras una pequeña pausa, volviéndose a Licos— es justo que os presente ahora a mi familia: esta es Attia, mi esposa, que se esfuerza en el hogar y en los campos desde que sale el sol hasta que desaparece; y aquella otra es Tota, mi hermana, no a causa de la sangre, sino porque fue su marido, Abionnus, mi hermano. Madrugó la negra muerte para arrebatárselo, y ahora espera con sus hijos que busque para ella aquel esposo que, siendo de mi agrado, también lo sea del suyo —añadió señalando a la mujer que se afanaba moliendo trigo mientras dos niños pequeños se ocultaban intimidados en sus faldas—. A Ater, mi hijo, ya lo habéis conocido, y en cuanto a Amia, su hermana, del mismo modo teje y toca la flauta que hace huir a tiros de honda a quienes ponen en peligro el ganado. Cuatro hijos tuve además de éstos, y los cuatro murieron sin dejar de ser niños. Ni hierbas ni aguas benéficas fueron remedios suficientes para sus males, y tampoco los dioses aceptaron los sacrificios que ofrecí a cambio de sus vidas. Ahora invoco cada noche y cada mañana a los que son protectores de mi familia para que libre de males y tristezas a este otro que se agita en el vientre de su madre —dijo por último siguiendo con la vista a Attia que se acercaba con la olla humeando.

Amia tomó de un estante de adobe que había en la pared cucharas de madera y cuencos hondos de cerámica y la madre sirvió en cada uno de ellos una abundante ración de gachas saladas, salpicadas con guisantes y lentejas. En seguida, Norisus escanció de un ánfora pintada con escenas de ciervos y caballos un vino rojo y espeso y lo ofreció a Licos, al tiempo que le agradecía de nuevo su presencia.

Éste, después de saborearlo, se dirigió a Norisus con amabilidad:

—Que los dioses recompensen tu hospitalidad y acrecienten cuanto posees. Y puesto que sabemos de ti todo lo que es necesario saber, justo es también que ahora te diga quiénes somos y de dónde venimos. Mi nombre es Licos y mi lugar de nacimiento Massalia. Mi niñez y mi juventud transcurrieron plácidamente en aquella colonia helena de allende el Pyrené. Tras mi matrimonio me establecí con mi esposa en Emporion; allí nació mi hijo y allí vivimos durante varios años. El niño creció teniendo tanto de ibero como de heleno, pues estando la ciudad ibera de Indika separada de aquella colonia helena únicamente por un cuerpo de murallas, pasaba el mismo tiempo en un lugar que en otro. Más tarde murió mi esposa, y como ambos somos curiosos y amigos de conocer lugares nuevos, levantamos la casa y, dejando atrás cuanto pudiera servirnos de atadura, partimos a recorrer las tierras de Iberia. Desde entonces nuestra casa está en cualquier parte y nuestro pueblo es aquel que nos acoge; en nuestras sandalias hay polvo de todos los caminos y todos los cielos nos parecen igualmente hermosos.

Ater movía la cabeza sin comprender.

—No entiendo al hombre que deja su casa sin protección y abandona su tierra. No hay otro pueblo que tu pueblo, ni cielo más hermoso que el que lo cubre —exclamó tras una corta pausa mirando a Licos intensa y largamente, con mucho de asombro y algo de desdén.

Siguió un profundo silencio. Aunque no hacía frío, la madre avivó el fuego. La lluvia, que durante algún tiempo habían olvidado, volvió a azotar con fuerza la techumbre de ramas y barro; el viento soplaba desatado y entraba en ráfagas por debajo de la puerta. Lisias se sentía oprimido, hacía calor y ¡la casa le parecía tan pequeña! Ater dijo que había sitio para más de ocho personas, y ¡no lo había!; tampoco su padre era otra cosa que un pequeño guerrero...

De pronto un trueno terrible hizo pedazos el silencio y la casa pareció temblar y tambalearse. Ater se levantó de un salto, apretando entre sus manos el amuleto que pendía de su cuello... De nuevo se hizo el silencio, pero en seguida le sucedió un trueno aún mayor que el anterior. Una ráfaga de viento abrió la puerta de golpe y apagó las lucernarias; una de las falcatas cayó de la pared y los escudos entrechocaron con estruendo.

—¡El dios de la tormenta quiere destruirnos! —gritó Ater aterrado.

Attia y Amia enlazaron sus manos y Tota tomó a los niños en sus brazos; Lisias se aproximó a su padre; nunca había visto una tempestad semejante, Zeus amontonaba las nubes demasiado aprisa, por tanto, debía estar muy enojado.

Verdaderamente la ira de los dioses parecía haberse desatado. En el hogar de Norisus, después de cada trueno, todos se miraban sobrecogidos, sin que el silencio que seguía les sirviera de alivio, porque ya esperaban, atemorizados, lo que había de venir tras él. En una de estas pausas les pareció oír rumor de relinchos y balidos: ¡los animales debían de haber saltado las cercas del recinto! Lisias olvidó su miedo para pensar en las mulas, si las perdían ¿de qué modo iban a comerciar en adelante? Interrogó a su padre con la mirada.

—¡Pronto, Lisias, las mulas, tenemos que detenerlas! —respondió Licos corriendo hacia la puerta.

—No podéis desafiar las iras del dios del trueno, ¡os destruirá! —gritaba Norisus, tratando de detenerlo.

—Sin mulas estoy ya destruido, como lo estaréis los edetanos si perdéis vuestros caballos y vuestros rebaños. ¡Olvídate de los dioses y sal a recuperar el ganado!

Pero Norisus y su familia, aterrados, permanecieron en el umbral; tampoco Lisias sabía qué determinación tomar. Y entonces los cielos parecieron venirse abajo, una centella se desprendió de las nubes y el ruido de diez mil cuernos de guerra sacudió la ciudad. Lisias cerró los ojos un momento, para abrirlos en seguida: su padre yacía derrumbado en tierra... Se sintió sostenido por los fuertes brazos de Norisus; trató de gritar y la voz se le rompió en la garganta. ¡La ira del dios del trueno había caído sobre su padre!

Pero tras un corto intervalo de tiempo, el hombre al que daban por muerto se alzó del suelo y, después de un breve desconcierto, aunque aturdido todavía, gritó con voz potente:

—¡Lisias, por todos los dioses, vayamos tras las mulas!

El muchacho corrió jubiloso hacia él, sin poder creer lo que veía.

Norisus gritaba con los brazos elevados hacia el cielo:

—¡El dios del trueno lo protege, es un elegido de los dioses...! Nada hay que temer estando a su lado; vayamos, pues, y detengamos los animales.

Attia, Ater y Amia también gritaban, y a sus gritos comenzaron a abrirse las puertas de las casas vecinas en las que vivían sus parientes más cercanos.

—¡Es un elegido de los dioses! —seguía diciendo Norisus con grandes voces, señalando primero a Licos y después al hueco ennegrecido que, a pocos pasos de él, había abierto la centella en el suelo empedrado.

Poco a poco, parientes y amigos se fueron aproximando, con recelo al principio, con sorpresa y decisión después.

Ya nadie estaba asustado, a pesar de que los cielos permanecían abiertos y los truenos retumbaban casi sin pausa. Muchos, de rodillas, daban gracias al dios de las tormentas; otros rodeaban con piedras el hueco abierto por el rayo, para que todos supieran que de ahora en adelante aquel era un lugar sagrado.

—¡Las mulas, los caballos! —seguía gritando Licos, mientras trataba de desasirse de los amistosos brazos que lo retenían.

No se perdió ningún animal; pero les llevó un buen rato reunirlos a todos.

De vuelta en el hogar de Norisus, Lisias estaba contento, difícilmente hubiera podido estarlo más: su padre era un elegido de los dioses y todos lo sabían. En los ojos de Ater había descubierto una mirada nueva, era de admiración y respeto.

Mientras bebían, entre risas, hidromiel y vino caliente, a Lisias la casa ya no le parecía pequeña; en ella había sitio para ocho viajeros; era una hermosa casa a pesar de que los perros se enredaban entre las piernas, a pesar de que en el fondo la cabra y el cabritillo no cesaban de balar, a pesar de que las palomas se arrullaban como en pleno día... y también Norisus era un gran guerrero, había participado, sin retroceder, en más de cien combates y las paredes estaban cubiertas de armas arrebatadas al enemigo...

Cuando se tendió junto al fuego en el camastro de esparto, el jergón de ramas y paja que le servía de colchón le pareció mullido y blando. Estaba ya casi dormido cuando Ater, que descansaba a su lado sobre una piel de toro tendida en el suelo, extendió hacia él la mano:

—Ater, hijo de Norisus, el gran guerrero, estará contento si Lisias, hijo de Licos, el elegido de los dioses, quiere ser su amigo.

Lisias alargó la suya.

—¿Para siempre? —preguntó Ater.

—¡Para siempre! —respondió Lisias.

2
Imilce

LISIAS se despertó plácidamente. Había dormido durante toda la noche; ahora estaba descansado y sentía un agradable y hondo bienestar. Durante algún tiempo siguió con los ojos cerrados, pero, poco a poco, comenzó a recordar los sucesos de la tarde anterior: Ater acariciando la frente del caballo, Norisus saliéndoles al encuentro con los brazos abiertos, Attia y Amia afanadas junto al fuego..., pero también recordó con sobresalto la centella desprendiéndose de los cielos y su padre derribado en tierra; sin embargo, en seguida recobró la calma y continuó pensando en cosas agradables: el círculo de piedras alrededor del hueco ennegrecido, los animales de nuevo en el recinto y las gentes sonriendo aliviadas, sin miedo ya, porque estaban junto a Licos... y después la mano tendida de Ater...

Se volvió en el lecho creyendo hallarlo todavía a su lado; pero Ater ya no estaba allí. Se incorporó sorprendido y, a la débil claridad de una lámpara de aceite, pudo distinguir que la estancia se hallaba vacía; solamente las palomas y las cabras permanecían en la única habitación de la casa.

Una línea de intensa luz se filtraba por debajo de la puerta; sin duda la mañana había dejado atrás a la aurora. Escuchó con atención, pero fuera nada se oía, ni lluvia ni viento ni, a lo lejos, el sordo rumor del trueno. Salió apresuradamente; la tormenta había cesado por completo y un sol radiante se abría paso entre las escasas nubes que un airecillo suave empujaba en dirección al mar. No había nadie en la calle, ni mujeres ni niños ni perros siquiera. Lisias miró a su alrededor, ahora a plena luz podía distinguir claramente lo que la noche anterior apenas había vislumbrado: en la parte baja de la ciudad las casas de adobe, alzadas sobre un zócalo de piedra, se apiñaban las unas junto a las otras. Todas eran pequeñas. La calle, sin acera, se empinaba y torcía a la izquierda, cruzándose con otra calle que subía desde el recinto de los animales. Mirando hacia la parte alta de la ciudad, en la misma cima de la colina, las casas le parecieron más amplias y mejor alineadas. De prisa se dirigió hacia ellas; puesto que no había nadie en la parte baja, seguramente estarían todos en la alta.

A medida que subía, las casas eran más grandes, de dos o tres estancias seguramente. En las calles, más anchas, había tramos de aceras empedradas y escalones para llegar a los umbrales de algunas puertas. Allí vivirían las personas más importantes de la ciudad, los nobles, los sacerdotes y los guerreros cuyo único oficio era guerrear, los que, como en todas partes, presidían el consejo y decían la última palabra en las asambleas del pueblo. Pero ahora tampoco parecía haber nadie. Lisias tendió la vista en derredor. Desde lo alto podía divisarlo todo: la ciudad entera, derramándose cerro abajo. Sin embargo, seguía sin ver a nadie. ¿Dónde podrían estar todos? Y de pronto lo comprendió, ¿cómo no se le había ocurrido antes?, y corrió hacia el recinto de los animales.

Sin embargo, en el recinto de los animales no había persona alguna. Perplejo y levemente inquieto se dirigió hacia una de las puertas que se abrían en el cuerpo de murallas, la que estaba en la parte meridional de la ciudad. Se paró un momento junto a las gruesas hiladas de piedra y miró hacia el frente: ¡nada! Comenzaba a preocuparse seriamente. Aguzó el oído y, tras un breve silencio, hacia la izquierda le pareció sentir un lejano rumor, como un susurro confuso que podría asemejarse a música. Corrió en aquella dirección, bordeando las murallas, y tras dejar atrás seis de las torres que, de trecho en trecho, se alzaban en ellas, el sonido de la música le llegó más claramente. Siguió corriendo, y después de pasar otros tantos tramos amurallados, se detuvo con el corazón golpeando en el pecho: ¡allá abajo, al pie del cerro, reunidos en torno a una encina de enorme copa, estaban todos!: hombres, mujeres, niños... Aquel debía de ser un árbol sagrado, y bajo su protección los edetanos seguramente celebraban esa mañana alguna de sus muchas ceremonias religiosas.

A medida que se acercaba, la música era más precisa. Distinguía el suave sonido de las flautas y el sonido profundo de las tubas. Pronto estuvo lo suficientemente cerca para distinguir además el grupo de hombres y mujeres que danzaban cogidos de las manos. Advirtió, sorprendido, que todos los perros de la ciudad también estaban allí.

Se aproximó procurando no hacer ruido; debajo de la encina había un pequeño altar, construido con piedras, sobre el que aleteaban dos asustadas palomas. Una sacerdotisa, en mudo ofrecimiento, las elevó sobre su cabeza y las entregó luego a otro de los sacerdotes para que fueran sacrificadas. Lisias admiró la majestad de sus gestos y la riqueza de sus ropas. Vestía una larga túnica de lino azul con mangas amplias y franjas rojas en los bordes, bajo la que sobresalían los extremos plisados de dos sayas. Un manto, primorosamente tejido, la cubría desde los hombros hasta los pies, pero se abría sobre el pecho dejando ver cuatro largos collares de oro y un pequeño torques de plata.

Entre los tocadores de flauta se hallaba Amia, y a su lado una muchacha algo más joven, tan completamente absorta en su instrumento que parecía estar ausente de todo cuanto no fuera música. Lisias no podía apartar los ojos de ella, era tan hermosa, tan delicada; el pelo, muy negro, se ondulaba tan graciosamente sobre sus hombros...

Una mano en su espalda vino a interrumpir bruscamente sus pensamientos:

—¡Al fin te has despertado! —susurró Ater en su oído.

—¿Quién es? —preguntó Lisias, señalando a la muchacha.

—Imilce, la hija de la sacerdotisa —respondió Ater nuevamente en susurros, para en seguida poner un dedo sobre sus labios.

La danza se había interrumpido y la sacerdotisa, tomando del altar un cestillo con frutos de la tierra, lo alzó sobre su cabeza, lo mismo que antes había hecho con las palomas, y con voz clara agradeció al padre de todos los dioses, el de los cabellos de oro, la luz que había disipado las tinieblas y la calma que había sucedido a la tempestad.

Los danzantes volvieron a tomarse de las manos y las flautas tocaron alegremente elevando sus notas claras sobre el sonido grave de las tubas. Lisias no podía dejar de mirar a Imilce, la hija de la sacerdotisa; los danzantes y los tocadores de tubas y flautas desaparecieron para él... No sentía sino una sola música, y venía de un único lugar.

—Mira, quien habla ahora con tu padre es Edeco, ciertamente le habrán informado ya de lo que anoche sucedió —exclamó Ater en alta voz.

Pero Lisias no lo oyó; la ceremonia había terminado y tampoco lo había advertido; seguía mirando a la hija de la sacerdotisa que, con la flauta en la mano y el aire ausente, parecía hallarse aún embebida en la música.

—Es Edeco, ¡el Rey! —repitió Ater sacudiendo su brazo—. Y aquel otro, Ampáramo, el de la espada nunca vencida, y el que está a su lado es Chalbús, el de los extensos campos, ni las tierras del Rey son tantas como las suyas, y el de más allá... —se interrumpió al advertir que Lisias continuaba sin escucharle—. Dime, Lisias, ¿en qué lugar te encuentras? —preguntó con enfado. El muchacho lo miró azorado, sin saber qué respuesta dar; pero Norisus y su esposa vinieron a sacarle de su aturdimiento.

—Dormías tan profundamente esta mañana que no quisimos despertarte —dijo Attia, saludándolo con una sonrisa.

—Y aunque hubiéramos querido me parece que no lo hubiéramos logrado —dijo Licos incorporándose al grupo—. Parece que el padre Zeus va a concedernos un hermoso día; Poseidón también se muestra generoso, se ha llevado todos los vientos hacia el mar y no ha dejado libre sino a esta suave brisa que empuja las nubes —añadió mirando alegremente al cielo.

—Sin embargo, temo que esta bonanza que ahora tenemos no vaya a ser duradera. Comienza ya la estación de las lluvias y aunque las noches sean frescas, los días continúan calurosos —respondió Norisus—. Así pues, debemos apresurarnos para recoger el fruto que aún queda en las vides —dijo luego dirigiéndose a su esposa y a su hijo.

—¿Y los caballos, padre? —preguntó Ater desilusionado—. Había pensado que Lisias viniera hoy a los pastizales.

—Habremos de dejarlos encerrados, hijo, porque

según están los prados —respondió mirando sus embarradas sandalias— estarán también los campos, y el lodo nos quitará tiempo y nos añadirá trabajo.

—En ese caso —dijo Licos desprendiéndose del manto, como si quisiera ya comenzar a trabajar— iremos contigo; serán cuatro brazos más, y de esta manera si vuelven las tormentas podrás recibirlas sin miedo.

No se detuvieron sino para cambiar sus ropas de ceremonia por otras de trabajo y recoger en el recinto de los animales a los dos viejos bueyes de Norisus y uncirlos a la carreta.

Caminaban despacio, siguiendo el paso lento y cansado de los bueyes. Ater se consumía de impaciencia y los castigaba de cuando en cuando para que fueran más deprisa, pero los bueyes eran viejos. Tuvieron que hacerse a un lado varias veces para dejar paso a carretas ligeras tiradas por mulas o bueyes jóvenes, rebaños de vacas, ovejas o cabras, y en último lugar a una hermosa potrada tras la que algunos jóvenes alegres, montando caballos briosos y ricamente aparejados, pasaron junto a ellos sin saludarlos, sin verlos siquiera.

Ater enrojeció:

—Mira, Lisias, ni siquiera han saludado a tu padre, a quien los dioses distinguieron anoche —exclamó con ira mal contenida.

—¿Quiénes son? —preguntó Lisias admirando la bella estampa de los caballos.

—Tobulcos, hijo de Edeco; Atilus, hijo de Chalbús; Apilio, hijo de Ampáramo, y otros tantos que, como ellos, se envanecen de las riquezas y el poder de sus padres.

Los jinetes picaron espuelas y, con gran bullicio de

voces y risas, dejaron atrás rebaños, hombres y carretas. Ninguno de ellos, ni sus padres tampoco, irían aquella mañana a recoger apresuradamente el fruto de las vides. Aquella labor estaba reservada desde antiguo a los esclavos y a los hombres humildes, a sus hijos y a sus mujeres.

—Algún día —añadió Ater siguiéndolos con la vista— tendré extensas tierras y no las labraré; poseeré grandes rebaños, pero no los conduciré, y también yo montaré tras la potrada...

El galope tendido de un caballo que trataba de alcanzar a los otros lo interrumpió. Nuevamente tuvieron que apartarse del camino.

—¿Quién es? —preguntó Lisias cuando el joven pasó ante ellos como una exhalación.

—Cormobás, el hijo de la sacerdotisa.

Lisias advirtió que su corazón se aceleraba, y de nuevo pensó en Imilce, la muchacha de la que, hacía apenas una hora, le había parecido que partía toda la música.

3
El pequeño gran guerrero

A medida que pasaban por viñedos embarrados y arboledas castigadas por la lluvia y el viento, aumentaba la inquietud de Norisus. Aquellas tierras que labraba no le pertenecían, su propietario era el noble Ampáramo; pero tomaba para su provecho una parte de lo que cultivaba, porque habiendo suscrito con él un pacto de devoción*, por el que acudía a su llamada siempre que era necesario y respondía de su vida con la suya propia, era justo que participara de su bienestar, del mismo modo que participaba de todas sus luchas y peligros.

Llegando a las tierras de Ampáramo, la inquietud de Norisus era ya ansiedad. A más de un tiro de piedra descubría ramas quebradas y frutas caídas; se adelantó, temeroso, hacia las parcelas que cultivaba: la cosecha de manzanas estaba perdida en su mayor parte, y las vides, ¡por todos los dioses!, embarradas hasta más de la mitad del tronco, y las uvas colgando a menos de

---

* Estos pactos eran frecuentes entre los iberos.

un palmo del barro; pero el huracán no parecía haberlas dañado. Aún estaban a tiempo de recogerlas, ¡con tal de que no lloviera en tres o cuatro días! «Quieran los dioses detener la prisa de las nubes y mantener calmado al viento», murmuraba, yendo de un lado a otro, cuando sus compañeros se le aproximaron.

Trabajaron sin descanso durante toda la mañana. Hacía calor y el barro les dificultaba el trabajo. Norisus miraba hacia las montañas.

—¡Con tal de que el viento permanezca calmado! —repetía inquieto.

De cuando en cuando Licos comenzaba una cancioncilla de vendimiadores que todos seguían.

—Así, cantando, se olvida la fatiga y se alegra el corazón —explicaba con una sonrisa.

Hacia el mediodía habían recogido la uva de un cuarto de viña. Norisus suspiró aliviado:

—Tanto tus brazos como los de tu hijo son brazos fuertes, del mismo modo que sois ambos generosos y esforzados; pero es hora ya de que demos descanso a nuestros cuerpos y reparemos las fuerzas, que luego nos serán necesarias —dijo a Licos alargándole el pellejo de vino que colgaba de un manzano—. Y ahora, tú, Attia, mujer, trae acá esas tortas de queso —añadió buscando con la vista a su esposa.

Fue entonces cuando la echaron en falta.

—Se habrá quedado retrasada; el calor y el peso de su cuerpo le habrán obligado a buscar reposo —dijo Licos volviendo sobre sus pasos.

—No hace mucho estaba a mi lado; pero afanada con el trabajo y entretenida con la canción no advertí que se ausentaba —añadió Amia.

—¡Madre! —gritó Ater inquieto.

—¡Attia! —gritaron Norisus y Licos.

Pero nadie respondió.

—¡¡Madre!! ¡¡Mujer!! ¡¡Attia!! —nuevamente obtuvieron el silencio por respuesta.

Sin embargo, de pronto creyeron oír algo. Escucharon atentamente, mirándose los unos a los otros. Y de nuevo lo oyeron, pero esta vez con mayor claridad. Era un rumor débil, parecido al balido de un animal joven o al llanto de un niño.

Norisus, Ater y Amia cruzaron una mirada de comprensión y, sin decir palabra, corrieron hacia el monte. Licos y Lisias, tras un leve desconcierto, corrieron también.

Allí donde terminaba el viñedo y comenzaba la montaña, sentada sobre una roca, a la sombra de una higuera que ya había dado su fruto, estaba Attia, jadeante y sudorosa, todavía con una sombra de dolor en los ojos; sobre sus rodillas lloraba un niño, y con tanta fuerza que sus gritos apagaban el sonido del arroyo que bajaba del monte.

—¡Es mi hijo! —reía Norisus corriendo hacia su esposa—. ¡Es mi hijo, y ha nacido al amparo de las montañas!

Ater y Amia se abrazaron, también entre risas, aproximándose después al padre, que había tomado a su hijo en los brazos y, lentamente, como si temiera lastimarlo, se dirigía hacia el arroyo.

Lisias miraba, asombrado, primero a la madre, luego a Norisus y al niño. Pero de pronto se volvió inquieto a Licos, con una muda interrogación en los ojos.

—El agua no le hará daño, hace calor y parece fuerte —respondió su padre sonriendo tranquilizadoramente.

Después de bañar a su hijo, Norisus se dirigió con él hacia Licos:

—Este niño, al que llamaremos Noranus, ha nacido en el monte, y, por tanto, está bajo la protección de la diosa de las cosas de fuera; ella lo cuidará como cuida de los campos, como cuida de los árboles y las piedras. No morirá del mismo modo que murieron algunos de mis hijos; es fuerte y algún día será un gran guerrero. Y puesto que tú has sido elegido por los dioses, es bueno que seas tú quien a ellos lo presentes —dijo poniendo el niño en sus brazos.

—Este guerrero, que así grita ahora, dará luego su

grito de guerra con tal fuerza que tanto beribraces como turboletas, vuestros feroces vecinos, huirán espantados al oírlo —exclamó Licos sonriendo al pequeño, que no cesaba de llorar.

Entre todos levantaron allí mismo un altar de piedras, y después de hacer sobre él su presentación a los dioses, Licos devolvió el niño a su madre, y ella, envolviéndolo en su manto, se lo acercó al pecho, que, aunque aún no podía ofrecerle alimento, le ofrecía ya amparo y sosiego.

Comieron a la sombra de la higuera, Attia atendía a todos, sin que por ninguno fuera atendida, Lisias observó que, aunque parecía cansada, sonreía.

Terminada la comida dejó al niño acostado en un cesto de los que se empleaban para recoger la uva y volvió al trabajo.

Lisias se alteró al advertirlo:

—¡Ella no debería... todavía no debería! —exclamó asombrado, siguiéndola con la vista.

Ater lo miró como si no comprendiera:

—Necesitamos sus brazos; ya has oído a mi padre, en cualquier momento pueden volver las tormentas. Únicamente ha tenido un hijo, no está enferma, Lisias.

Al atardecer, de regreso a la ciudad, Attia, con el niño dormido en los brazos, se recostó en la carreta, entre los cestos de uva, y debido al cansancio de la jornada y al paso lento de los bueyes, se quedó también dormida.

Aquella misma noche fueron todos con el pequeño Noranus a casa de Cámala, la de las muchas historias, la que podía conocer el destino observando el vuelo de las aves o la posición de las estrellas, la que interpretaba presagios y sueños.

Apenas cruzaron el umbral, Attia depositó al niño en brazos de la anciana, y ella, tomándolo, salió con él para estudiar el secreto de los astros. Durante algún tiempo permaneció en silencio, con la vista en lo alto y el niño separado de su cuerpo, como si fuera a entregarlo a la incertidumbre de la noche. Pero de pronto comenzó a hablar en susurros, caminando de un lado a otro, siempre con los ojos en los astros:

—¡Oh, arroyo de plata, blanca reina de las tinieblas, señora de las estrellas! —decía con voz profunda y entrecortada mirando a la luna.

Poco a poco su voz se fue elevando y el pequeño Noranus comenzó a llorar.

—Protege a este varón que ahora te muestro; es Noranus, hijo de Norisus, el guerrero, ¡y guerrero será él también! Míralo, ¡oh, madre luminosa! —gritó por fin, alzando al niño cuanto le permitían sus cansados brazos.

El pequeño guerrero lloraba ya sin consuelo; pero cuando cesó la voz de la anciana, cesó también su llanto y, de nuevo en brazos de su madre, volvió a quedarse dormido.

Cámala, la de las muchas historias, sonrió a Norisus y a Attia, que, impacientes, esperaban su augurio:

—Los astros son propicios; será valeroso y afortunado —afirmó, invitándolos a entrar.

Sentados en torno al fuego, libres ya de ansiedades, oyeron la hermosa historia del hijo de la esclava que llegó a ser rey porque la diosa de las cosas de fuera lo había tomado bajo su protección:

—Hace ya muy largo tiempo —comenzó a decir Cámala— hubo en un lugar lejano un gran rey, rico y

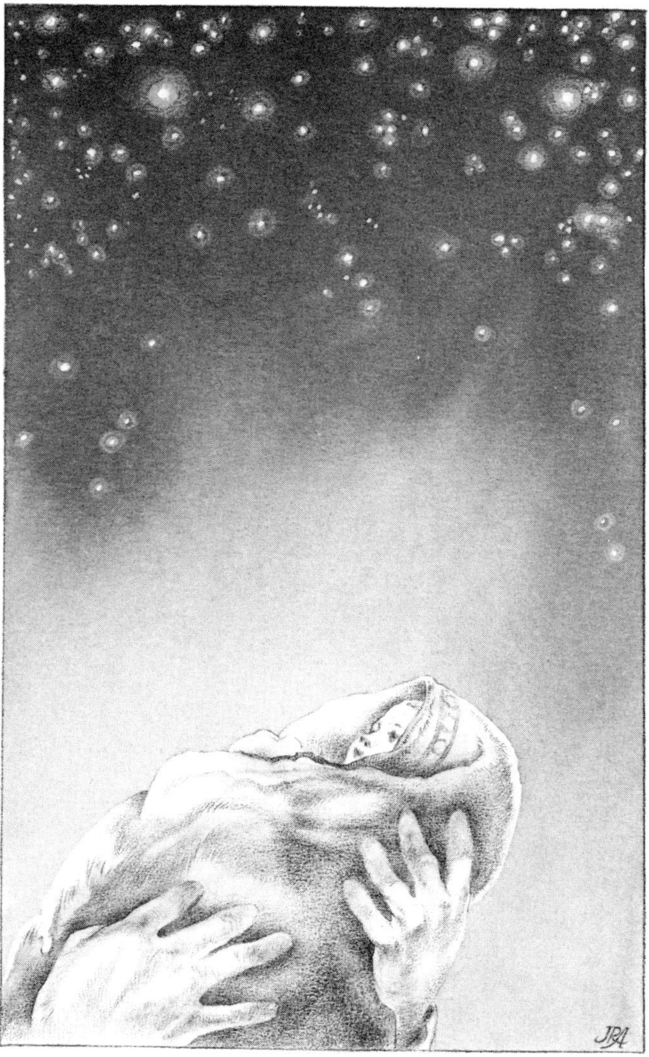

poderoso, mucho más que este al que nombramos Edeco. Vivía en una gran casa, mucho más grande que la de este al que llamamos rey. Era el señor de aquellas tierras en las que los frutos de los árboles solían ser de oro, y poseía grandes yeguadas y rebaños enormes.

»Pero también el Rey tenía enemigos, y para defenderse de ellos ordenó que mil arqueros montaran guardia permanentemente en las torres de la ciudad. Cada día, al levantar la aurora, el intérprete de los augurios atisbaba el primer vuelo de las palomas silvestres, y al anochecer estudiaba la posición de las primeras estrellas, y siempre su vaticinio era el mismo: "El Gran Rey nada tenía que temer." Sin embargo, una noche el auspicio de los astros fue adverso: el Rey debía cuidarse del último de los nacidos en sus tierras.

»Fueron enviados emisarios hasta los extremos de las posesiones del Gran Rey con orden de llevar a su presencia al último de los nacidos en ellas, y al alba volvió uno de aquéllos con el hijo de una esclava, que había visto la luz apenas unas horas.

»El Rey mandó que fuera arrojado a las olas del mar que llaman Tenebroso, porque en sus aguas viven seres terribles y hay peligros que no pueden ser contados. Pero el niño había nacido en el monte y la diosa de las cosas de fuera, que lo había tomado bajo su protección, se calzó sus doradas sandalias inmortales y, andando sobre las olas, lo cogió en sus brazos y lo devolvió a la orilla. Cuando el Rey lo supo, ordenó que fuera entregado al furor de una jauría de perros hambrientos; pero la diosa de las cosas exteriores tendió su cayado y los perros retozaron alrededor del niño y le lamieron las manos. Entonces el Rey, enfurecido, tomó al hijo de la esclava y lo abandonó en lo más espeso del bosque; y como desde entonces nada supo de él, creyó que el peligro se había alejado de su reino y volvió a dormir tranquilo.

»Sin embargo, la diosa de las cosas de fuera tensó su arco y las alimañas respetaron al niño, que a partir de aquel día vivió entre ellas, aprendiendo cosas que de otra forma nunca hubiera llegado a saber. De la cierva blanca que lo tomó por hijo, recibió leche y adquirió ligereza; un enjambre de doradas abejas le acompañaba adondequiera que iba, y de ellas recibió miel y aprendió laboriosidad; del lobo tenía la fiereza, del zorro la astucia y del caballo la nobleza. Mientras fue niño no conoció ser humano; sin embargo, la diosa de las cosas exteriores solía visitarlo con frecuencia, y de ella oyó palabras sabias y verdaderas.

»Pero cuando pasó el tiempo, el hijo de la esclava comenzó a buscar la compañía de aquellos que eran como él. Allí donde iba era admirado, porque su laboriosidad y su inteligencia no tenían igual. De él aprendieron los hombres a uncir los bueyes al arado y a obtener miel de las abejas.

»Un día el hijo de la esclava llegó a las tierras del Gran Rey, y allí donde antes los campos producían una cosecha, a partir de entonces produjeron dos; con sus cuidados los animales crecieron mejor y más deprisa y entre las hembras no hubo ninguna que perdiera su cría. El trabajo era provechoso para todos y el ocio alegre. De la mano de la prosperidad llegó la satisfacción, y con los hombres y las mujeres satisfechos terminaron las disputas y los pleitos; de manera que ninguno iba al Consejo de los Nobles para preguntar si era él o era otro quien tenía razón; como el Consejo no se reunía, el Rey no presidía el Consejo; y como todos trabajaban tierras que producían, nadie quería abandonarlas para pelear por las vecinas; de esta forma el Rey, sin pleitos y sin luchas, no hacía otra cosa que tocar la flauta y comer tortas de queso untadas de miel. Hasta que un día los hombres y las mujeres se preguntaron para qué necesitaban un rey que solamente tocaba la flauta y comía tortas untadas con miel: "No lo necesitamos", fue la única respuesta. "Un rey al que ya no necesitamos ¿es nuestro rey?", se preguntaron luego. "No lo es", fue la única respuesta. Y como era el hijo de la esclava quien les enseñaba a arar la tierra, a obtener miel de las abejas y a conseguir que el ganado creciera más y mejor, y como por su causa habían terminado los pleitos y las discusiones, los hombres y las mujeres se inclinaron ante él y lo aclamaron como al único y más grande de los reyes.

Cuando Cámala terminó la narración, siguió un breve silencio, solamente interrumpido por el chisporroteo de los leños en el hogar; todos miraban con alegre emoción al pequeño Noranus, que dormía en brazos de su madre.

—Quizá algún día él también sea rey —dijo al fin Licos.

—Será un gran guerrero, ¡el mejor entre todos! —exclamó Ater con los ojos brillantes de excitación—. En seguida aprenderá a manejar la honda, y seré yo quien le enseñe; pondré su pan en lo más alto de la rama de una encina, para que lo alcance con ella, de la misma forma que, según me han contado, hacen las mujeres de las islas que llaman de los baliarides, y así, si quiere comer, habrá de ganar su comida. Luego le enseñaré a manejar el arco, y más tarde la falcata y la lanza, y juntos nos ejercitaremos muchas veces, hasta que pensamientos, ojos y brazos sean una misma cosa. ¡Y lucharemos juntos y juntos venceremos o juntos moriremos! —añadió alzándose de un salto, blandiendo una imaginaria espada, y con ella en la mano llegó junto a Noranus, como si le invitara a empuñarla. Pero el pequeño gran guerrero aún dormía.

4

Un pacto de hospitalidad

Los días que siguieron fueron de trabajo y amistad; de afanarse juntos desde el alba hasta el atardecer. Cuando el sol caía, regresaban al hogar, y mientras las mujeres preparaban los alimentos, Licos narraba historias y costumbres de aquellos lugares en los que antes habían estado.

Terminaron de recoger las uvas y los cielos continuaban claros y los vientos calmados. Licos habló de marchar, pero Norisus le rogó que permanecieran con ellos durante algunos días más:

—Habéis estado junto a nosotros cuando no podíamos ofreceros otra hospitalidad que la de nuestro trabajo, esperad ahora hasta que la alegría del descanso os haga olvidar esfuerzo y fatiga. Los días aún son largos y tendréis tiempo para llegar libres de males a las fértiles tierras de la Turdetania.

Lisias también pidió a su padre que retrasaran la marcha. Le gustaban Norisus y su hogar, Attia y Amia, el pequeño Noranus, los niños y, sobre todos, Ater, su amigo. Con él iba todas las mañanas a las tierras de pastos y todas las tardes al recinto de los animales; y permanecía con Ater mientras adiestraba a su caballo. *Belenos* se revolvía cuando le ponían la cabezada, pero su mirada era noble y nunca mordía ni coceaba.

—¡Qué buen caballo, Ater! —decía Lisias con un cierto tono de involuntaria envidia.

—Si permanecieras en Edeta, te ayudaría a cazar uno semejante; luego lo adiestraríamos juntos. ¡Sería tu caballo, Lisias!, te seguiría a todas partes y no habría para él otra voz que la tuya.

¿Permanecer en Edeta?... Ciertamente era hermoso recorrer los caminos, y curiosas las costumbres de los lugares por donde pasaban; pero Ater tenía un caballo que adiestraba él solo, y muy pronto acudiría a su llamada y comería en su mano...

Cuando las noches comenzaron a robar tiempo a las tardes, Licos habló nuevamente de partir.

—Espera aún hasta que celebremos una cacería de ciervos en tu honor —pidió Norisus.

Y Licos aceptó, en parte porque Norisus se lo había pedido y en parte porque él también deseaba quedarse.

Ater y Lisias consumieron la tarde que precedió a la cacería entre proyectos y preparativos. Habrían de llevar dardos y lanzas y también redes, para que algunos de los animales que escaparan al acoso de los cazadores fueran a caer entre sus mallas, disimuladas por el espeso follaje de los matorrales.

—Entre tú y yo, Lisias, cazaremos dos machos por lo menos —decía Ater ilusionado.

Aunque se acostaron muy temprano, durmieron poco y mal, atisbando muchas veces por debajo de la puerta para ver si la luz del alba disipaba la larga oscuridad de la noche.

Partieron al amanecer, hacia el bosque de encinas que se hallaba frente a Edeta. Además de Licos, Lisias y Ater, galopaban junto a Norisus algunos de sus más cercanos parientes. Eran seis hombres, cuatro muchachos jubilosos, y otros tantos perros excitados los que salieron de la ciudad al alba, prometiéndose una jornada de emociones y regocijos.

Regresaron al atardecer, con las piezas cobradas sobre las ancas de los caballos, respirando satisfacción y cansancio; pero todavía con fuerzas para retarse los unos a los otros a llegar los primeros.

Aquella noche Lisias, tendido en el camastro, a pesar de su fatiga, no podía conciliar el sueño. Pensaba, apesadumbrado, que ya no había motivos para retrasar la marcha.

Por la mañana Licos nuevamente habló de partir.

Norisus le respondió con las palabras que sus sentimientos le dictaban:

—Mi casa es ya tu casa, y mientras en mi hogar humee el horno de cocer pan, tú tendrás pan. Si marchas, estaré esperando tu vuelta; pero si decides quedarte, todos los días me alegraré con tu presencia. Los dioses son testigos de la verdad de mis palabras, y caiga su ira sobre mí si alguna vez las olvido; pero vayamos ahora juntos a casa de Butelcos, el de las hábiles manos, para que grabe en el bronce los símbolos de nuestra amistad.

Aquella misma mañana Ater y Lisias acompañaron a sus padres al taller del viejo celtíbero.

Butelcos, el de las hábiles manos, era un anciano pequeño y arrugado, que no parecía interesarse por otra cosa que el bronce y el fuego de su fragua. Se hallaba ante Norisus con aire ausente; sin pronunciar palabra ni, al parecer, escuchar las suyas. Pero Norisus aún no había terminado de hablar cuando ya él tomaba el buril y el martillo. Lisias observó que sus dedos eran ágiles y fuertes, sorprendentemente llenos de vida. Butelcos golpeaba y cincelaba en silencio, y pronto, sobre el brillo dorado de una lámina de bronce, comenzó a perfilarse la forma de una mano extendida.

Lisias había visto en diversas ocasiones téseras de hospitalidad, y sabía que después de la primera lámina Butelcos haría otra semejante, de modo que ambas encajaran perfectamente, como las dos mitades de una misma cosa. Cuando marcharan, su padre llevaría con él una de ellas y Norisus guardaría la otra; y si alguna vez regresaban a Edeta, las manos extendidas de las láminas de bronce volverían a estrecharse, y Norisus, el guerrero, sabría que aquél que se presentaba era Licos, el comerciante, por más que los años hubieran encanecido sus cabellos y su rostro no le pareciera ya el rostro de su amigo.

Como hacía calor y el trabajo del anciano había de ser largo, Lisias y Ater salieron del taller para buscar distracción; sin embargo, cuando estuvieron fuera, se dejaron caer con desgana en los bancos de piedra que había a ambos lados de la puerta. Ninguno hablaba, porque la mano tendida de la tésera les había recordado lo próximo de su despedida. Unos ladridos furiosos interrumpieron sus cavilaciones y les hicieron alzarse sobresaltados. Ater tomó una piedra y, con ella en la mano, se dirigió a la parte trasera, en donde parecía estar el enfurecido perro; Lisias lo siguió empuñando una rama quebrada. Pero detrás de la casa no había perro alguno; los muchachos se miraron boquiabier-

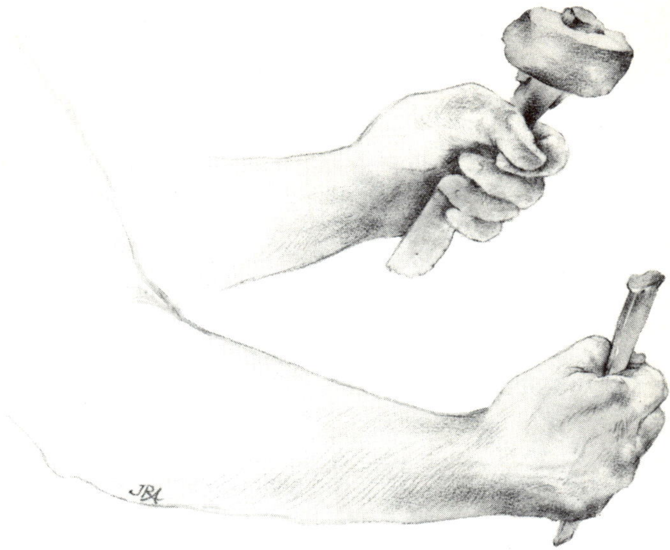

tos, ¿dónde estaría el animal ahora? Un relincho desesperado les hizo brincar de nuevo: ¡alguien castigaba a un caballo ante el taller del broncista! Corrieron en aquella dirección, pero tampoco allí encontraron ningún animal. Volvieron a mirarse asombrados. ¿Dónde estaba el caballo? ¿Dónde el perro? ¡Los habían oído tan claramente...!

—¡Oh, reina de la noche, señora de las estrellas...! —gritó sobre sus cabezas la voz bronca y cascada de Cámala, la anciana de las muchas historias.

Lisias miró a Ater totalmente desconcertado. ¿Estaban perdiendo el juicio?: ¡Cámala gritando sobre la techumbre! Pero Ater comenzó a reír de tal manera que necesitaba el apoyo de la pared para mantenerse alzado:

—Ahí tienes el perro, el caballo, y la anciana —decía con la voz cortada de risas, señalando al muchacho que los miraba desde el alero.

Todavía Lisias no se había repuesto de su sorpresa cuando advirtió asustado que el joven saltaba, quedando luego inmóvil sobre la tierra; corrió para ayudarle y, al contacto de su mano, sus miembros comenzaron a contorsionarse, marchando cada uno por su lado. Lisias se volvió a Ater aterrorizado; pero su amigo seguía riendo como si no hubiera alguien en el suelo, agitándose lo mismo que una serpiente en la agonía.

—¡Ater! —gritó Lisias fuera de sí—. ¡Ater! —volvió a gritar, a punto ya de perder la paciencia.

El extraño muchacho cesó entonces en sus movimientos y comenzó a reír también, oprimiéndose los costados, secándose las lágrimas y haciendo signos jubilosos a Ater.

Lisias miró indignado a uno y otro; dudó un momento sin comprender, y por fin también rió, dejándose caer junto a ambos.

—Soy Togialcos, nieto de Butelcos, el de las hábiles manos —acertó al cabo a decir el muchacho con voz todavía quebrada por risas—. Espero que no me guardes rencor.

Lisias negó con la cabeza.

—Me alegro de conocerte, Togialcos. Yo soy Lisias, hijo de Licos, el comerciante. Claro que no te guardo rencor —dijo mirándolo amistosamente—. ¡Por todos los dioses! Primero te confundo con un perro, un caballo y una anciana, y después llego a pensar que tus miembros se han vuelto locos dentro del cuerpo; pero dime, ¿de qué manera lo haces?

—No sabría explicártelo; es como si mis brazos y mis piernas se encajaran y se desencajaran según quisieran. En cuanto a las voces, oigo, observo y repito luego.

—¡Cuánto me gustaría hacer lo que tú haces!

—Si quieres, puedo enseñarte.

—Ya no queda tiempo —suspiró Lisias—, mañana partiremos con el alba.

—Me hubiera gustado ser tu amigo.

—Y yo me hubiera alegrado de que lo fueras —respondió Lisias sonriendo al muchacho de ojos vivos, cuerpo pequeño y sonrisa enorme, que estaba a su lado.

Por la tarde, Lisias quería despedirse de todo: de los prados, del recinto de los animales, de la higuera a cuya sombra naciera Noranus, de la encina sagrada bajo la que había visto a la hija de la sacerdotisa..., pero Ater lo llevaba por lugares en los que nunca habían estado, marchando por caminos tortuosos, para luego subir cerros empinados cubiertos de viejas encinas.

—¿Hacia dónde me llevas? —le había preguntado varias veces.

—Lo verás muy pronto —había sido la respuesta.

Cuando comenzaron a ascender la escarpada pendiente cubierta de matorral, donde las encinas se juntaban tanto que las sombras de unas se confundían con las de otras, Ater se volvió hacia él:

—Es el monte sagrado —susurró, poniendo un dedo sobre sus labios.

Lisias asintió sobrecogido, acallando sus pasos para que el rumor de las hojas quebradas no interrumpiera el solemne silencio del lugar en el que dormían los dioses, en el que el hacha del leñador no podía herir a los árboles ni el buscador de oro tomar el metal de las rocas, a no ser que el dios de la tormenta las hubiera partido antes con un rayo.

Ater se detuvo a media altura de la montaña, junto a un roquedal salpicado de vegetación; Lisias se sentó en una peña, creyendo que hacían un alto para descansar. Desde allí se divisaban los cerros más bajos y, tras ellos, los llanos de sembrados y pastos y, más allá, Edeta, sobre una colina, dominando las tierras que le pertenecían. Lisias sintió una punzada de dolor: pasaría mucho tiempo antes de que volviera a ver todo aquello, o quizá no lo viera ya nunca. De otros lugares también había sentido partir, pero de ninguno como de Edeta. Ater lo arrancó de su melancolía, indicándole una cueva disimulada entre matorrales.

—Entra —dijo, apartando una espesa cortina de arbustos olorosos.

Era una gruta amplia aunque no muy profunda, que se ensanchaba apenas rebasada la entrada. Cuando Lisias acomodó su vista a la semioscuridad del interior, se volvió a Ater admirado: las paredes estaban decoradas con arcos y flechas, lanzas de madera con puntas de hueso, escudos de corteza de árbol... Era aquel el hogar de un aprendiz de guerrero; pero era también el de un artesano, porque en uno de los extremos, junto a un pequeño horno de barro, parecido a los que en los hogares se usaban para cocer el pan, se alineaban numerosas piezas de cerámica hermosamente pintadas: ánforas y cráteras, figuras de ciervos, toros, caballos... moldeadas con tanta delicadeza que las manos del más hábil alfarero no podrían haberlas hecho mejor.

—Las hago a veces, cuando me sobra el tiempo —dijo Ater a manera de disculpa, advirtiendo el asombro de Lisias.

—Son tan hermosas, Ater, que ningún torno de alfarero, ni de Edeta ni de la Hélade, podría modelarlas más bellas. Si tú fueras ceramista, las piezas en las que pusieras tu firma serían admiradas, no sólo en la Edetania, sino también en toda la Iberia, y aún más lejos, en las tierras del otro lado del Pyrené.

—Yo no quiero ser artesano, sino guerrero. Esto lo hago únicamente para entretenerme —respondió Ater bruscamente—. Pero deja ya de decir cosas sin sentido y promete que no vas a revelar nunca la situación de mi refugio —añadió deseando cambiar de conversación.

Lisias asintió, poniendo la mano sobre su pecho.

—En este caso, Ater, hijo del gran guerrero Norisus, te ofrece su casa y suscribe contigo un solemne pacto de hospitalidad, y para que los años no cubran de olvido la amistad que para siempre te brindo, te entrego esta tésera como testimonio —exclamó con voz solemne, alargándole una lámina de cerámica en la que había una mano grabada, que se tendía hacia otra que Ater había reservado para él.

Regresaron a la ciudad al atardecer. Hacia poniente el cielo estaba enrojecido, y sobre las montañas unas espesas nubes oscuras avanzaban deprisa con dirección a Edeta. Lisias y Ater se miraron con una sonrisa: quizá todavía...

5
El sacrificio colectivo

DURANTE la noche hubo una intensísima tormenta de lluvia y pedrisco. Norisus y Attia se revolvían inquietos en el camastro, hablando entre ellos de los campos aún sin arar, que si se anegaban no podrían recibir labor durante mucho tiempo, y del río Tirius que, si crecía demasiado, podría desbordarse y cubrir las huertas y los pastizales. Ater y Lisias tampoco dormían, no porque el recuerdo de las tierras y los pastizales les arrebatara el sueño, sino porque el rumor del agua batiendo sobre la techumbre les hacía pensar que al día siguiente Licos no se atrevería a emprender la marcha.

En cuanto a Licos, pensaba que con aquel tiempo no había que soñar en comenzar el viaje, y pensaba también en los campos de Edeta y en las peligrosas crecidas del Tirius.

Únicamente los niños dormían, libres de inquietudes.

Llovió sin cesar durante toda la noche, con tanta intensidad que el agua de todo un mes debió caer desde el anochecer hasta el alba. Por la mañana aún seguía lloviendo, y ni un solo rayo de sol asomaba entre las nubes, ni siquiera un leve anuncio de luz se distinguía allá lejos, en dirección al mar, ni tampoco entre las montañas que separaban las tierras de la Edetania de las de la Celtiberia. La tarde y la noche también fueron de lluvia; a la mañana siguiente ya no llovía, sin embargo, unas amenazadoras nubes negras se agolpaban sobre la ciudad como si advirtieran que en cualquier momento podrían derramar su carga.

Lisias y Ater reparaban en ello cuando llegó Togialcos, corriendo como una exhalación, y con palabras atropelladas, les informó de lo que acababa de oír en casa de la anciana de las muchas historias. Él se hallaba por casualidad sobre su techumbre, sin otra intención que la de imitar el graznido de uno de esos pájaros negros que, no sabía por qué, no gustaban a la vieja Cámala. Pero se acurrucó, aplastándose casi contra el alero, cuando vio entrar en la casa a la sacerdotisa y a otros de los sacerdotes. Iban a consultar a la anciana lo que se había de hacer para aplacar al dios que amontona las nubes. Él, pegado como estaba a la cubierta, los había oído a través del hueco de salida de los humos. La sacerdotisa parecía muy preocupada, él pensaba que...

Ater lo interrumpió con impaciencia:

—¡Pero cuenta de una vez lo que dijo! —exclamó tomándolo de un brazo.

—Dijo que en la estación de la siembra las aguas del Tirius habían anegado los campos de tal forma que la simiente cayó en la tierra mal y a destiempo, por lo que las cosechas de este año han sido escasas y los frutos de poca calidad, y que, si ahora tampoco se les puede dar la labor y el descanso que los prepare para la próxima siembra, la cosecha del año que viene también ha de ser mala. Por tanto, pidió a Cámala que estudiara las formas de las nubes, para ver si podía hallar en ellas la manera de aplacar al dios que las amontona. La anciana salió al umbral y durante largo tiempo observó los cielos atentamente, como si en ellos sucedieran grandes cosas; también miré yo, pero no vi sino nubes y una bandada de pájaros que iban y venían, descendían y se alzaban como si jugaran. Al fin Cámala, la de las muchas historias, volvió a entrar, y lo que dijo, Ater, yo no quisiera haberlo escuchado —exclamó Togialcos con voz extremadamente ronca y quebrada.

—¡Pero dilo ya! —gritó Ater sacudiendo su brazo de nuevo.

—Dijo que la ira del dios que amontona las nubes era tanta que no podía aplacarla una sola persona, ni un sacrificio sencillo, aunque la víctima fuera un toro de siete años, padre de otros toros, y puesto que los pájaros negros iban y venían hacia las grandes montañas tras las que se hallaba la ciudad de Segóbriga, donde, según había oído, todos los habitantes celebraban reunidos grandes sacrificios para aplacar a los dioses, del mismo modo debía hacerse en Edeta una gran ofrenda que calmara la ira del dios del trueno. Y así todos, desde el más pequeño hasta el más anciano, habían de subir al monte sagrado, para allí sacrificar al dios que amontona las nubes, el ser que les fuera más apreciado.

Lisias lo miró espantado: había oído decir que en la Lusitania y en algunos pequeños pueblos del norte los hombres aún sacrificaban a otros hombres para satisfacer a los dioses; pero creía que en la mayor parte de las tierras de Iberia era esta una vieja y terrible costumbre ya olvidada.

—El ser más apreciado entre los animales —añadió Togialcos observando su terror.

Lisias suspiró aliviado, pero Ater estaba fuera de sí.

—¡No, *Belenos* no! —exclamó palideciendo intensamente—. ¡A *Belenos* no he de entregarlo, aunque se ahoguen todos los rebaños del Rey! —gritó corriendo hacia el recinto de los animales.

Lisias y Togialcos lo siguieron, pidiéndole inútilmente que los esperara. Cuando lo encontraron, acariciaba dulcemente a su caballo, mientras murmuraba palabras entrecortadas.

—¡No he de entregarlo! —gritó de nuevo, mirándolos con ojos en los que al mismo tiempo se leía angustia, ira y determinación.

Poco después comenzaron a llegar al recinto de los animales personas entristecidas; Norisus llegó también, acompañado de Licos.

—¡No he de entregarlo! —susurraba Ater con los puños apretados, viendo cómo se acercaban.

—Ater, adorna al potro negro; trenza sus crines, pon en las guardas de sus pechos, colgantes de metal, y riendas bordadas alrededor de su cuello, pues antes del mediodía habrás de ofrecerlo al dios que amontona las nubes —dijo Norisus con una voz extraña, baja y bronca, como si las palabras se negaran a ser pronunciadas.

—No, padre, el potro negro no… es muy joven todavía; será mejor adornar al de color fuego, el que nació en casa.

—Debe ser el negro, hijo, porque es el que prefieres entre todos.

—No, ya no, este potro negro no es lo que yo pensaba que iba a ser... No me escucha, no me obedece, padre, y... —añadió con voz débil e insegura— hasta algunas veces me parece que quiere cocear y morder...

—Si el potro color de fuego es ahora tu preferido, es a él a quien debes entregar; pero si no lo es, los dioses no quedarán satisfechos y seguirán derramando su ira sobre Edeta y sus campos, de manera que se perderán los frutos en los olivos y se ahogará el ganado en los pastizales.

—Y ¿qué me importan los olivos, que son del Rey, o los ganados de los hombres principales? —gritó Ater, con ojos chispeantes de indignación.

—Los ganados de los hombres principales y los

frutos de sus olivos son ganados y frutos de Edeta, y así, si alguno de entre ellos se empobrece, toda Edeta también se empobrece —repuso Norisus sin perder la calma— y ahora, hijo, decide según tu entendimiento —añadió dirigiéndose hacia la salida.

El silencio que siguió a la partida de Licos y Norisus fue tan intenso, tan vivo, que a Lisias le parecía sentirlo oprimiendo no sólo su corazón, sino también todo su cuerpo. Miró a Ater. Estaba muy pálido; su mano acariciaba a *Belenos*, desde la estrella blanca de su cara hasta la grupa; una vez y otra, despacio, suavemente... En sus ojos se adivinaba la intensidad de la lucha que consigo mismo estaba librando. A Lisias le hacía daño no poder ofrecerle otra ayuda que la de su presencia.

—Ater, debemos apresurarnos, no queda ya nadie en el recinto —susurró Togialcos.

Ater asintió y lentamente comenzó a trenzar las crines de *Belenos*.

Antes del mediodía todos los habitantes de Edeta, desde los más ancianos hasta los más pequeños, éstos en los brazos de sus padres, aquéllos ayudados por sus hijos, marcharon hacia el santuario de la cumbre de la montaña sagrada.

Iban en primer lugar el Rey y los guerreros cuyo único oficio era guerrear, portando sus armas más brillantes; tras ellos los sacerdotes vestidos con sus mejores ropas, y la anciana Cámala con el cuerpo enjuto erguido y la mirada alzada y segura de aquel que se cree intérprete de los dioses; luego los danzantes y los tocadores de flauta, entre ellos Lisias vio a Imilce, la hija de la sacerdotisa, que apretaba un perro pequeño contra su pecho, y en último lugar hombres, mujeres y niños, llevando cada uno su animal más apreciado.

En lo más alto del monte, allí donde, entre dos rocas iguales, manaba la sagrada fuente que, con sus aguas curativas, alimentaba a varios arroyos, se alzaba el santuario del dios padre de todos los dioses, el que amontonaba las nubes y desataba los vientos; a la manera de todos los santuarios de la Iberia no tenía paredes ni puertas; era únicamente un gran altar de piedras amontonadas, sin otros muros ni límites que silencio y sombras de viejas encinas.

La sacerdotisa se aproximó al ara y, tras rogar a los dioses unos momentos en voz alta, inició el sangriento sacrificio, entregando a los sacerdotes que la auxiliaban, sin un solo gesto de duda, el mejor de sus perros, aquel que la seguía a todas partes y que con la alegría de su rabo anunciaba su presencia. Ofrendaron luego los sacerdotes, y en seguida se aproximaron al altar el Rey y los hombres principales, conduciendo de la brida hermosos caballos que atendían a sus voces y que, a un movimiento de riendas, contenían los cascos o iniciaban el galope. Les seguía una triste procesión de hombres y mujeres que, comenzando por los más ancianos, avanzaban lentamente.

Ater caminaba muy pálido, llevando a *Belenos* con las riendas cortas, tratando de calmar la inquietud de sus pasos jóvenes. De trecho en trecho acariciaba su frente o le susurraba al oído; le parecía que, de este modo, le comunicaba su aprecio y se despedía de él; quería que sus palabras amigas lo acompañaran al partir de este mundo.

Cuando *Belenos* dejó de ser *Belenos*, Ater regresó junto a Lisias; apretaba sus riendas contra el corazón y, aunque trataba de mantenerse calmado, una carga de pesadumbre le inclinaba la espalda. Nada vio ni nada oyó desde entonces, hasta que Lisias sacudió bruscamente su brazo.

—¡Mira! —susurró a su oído, mostrándole a alguien que se alejaba tratando de ocultarse entre los matorrales.

Era Imilce, la hija de la sacerdotisa, que huía llevando a su perro en los brazos.

Ater y Lisias partieron tras ella, abandonando el santuario con el mayor sigilo.

—La echarán en falta en seguida, quedan muy pocos para hacer su ofrecimiento —murmuró Lisias inquieto.

—Si no vuelve, habrá sido inútil el sacrificio de todos —dijo Ater apretando el paso.

—La castigarán cuando la encuentren; tenemos que hacerla volver antes de que lo adviertan.

Era demasiado tarde, porque el último de los edetanos había entregado ante el altar su animal más apreciado y la sacerdotisa buscaba con la vista a su hija. ¿Dónde estaba Imilce? Hacía rato que debía haber depositado su ofrenda. No estaba entre los flautistas ni entre los danzantes ni tampoco con las muchachas de su edad. ¿Dónde estaba Imilce? «¿Dónde está Imilce?», se preguntaron en seguida los unos a los otros, mirándose asombrados e inquietos y muy pronto los gritos de un pueblo entero persiguieron monte abajo a la que huía.

Imilce corría sin rumbo, tropezando a veces, mirando hacia atrás de trecho en trecho. Ater y Lisias la seguían, ocultándose entre los matorrales para no alarmarla ni ser vistos por los edetanos.

No tardaron en darle alcance. Ater, tomándola de un brazo, la condujo detrás de unas rocas. Imilce lo miró atemorizada, apretando más al perro contra su pecho, dispuesta a defenderlo si era necesario. Lisias se preguntaba qué podrían hacer con ella; había tanto temor, tanta súplica en sus ojos, que sentía el corazón apresurado y oprimido al mirarla.

Ater también la miraba. Debía entregarla a los que la perseguían, porque el sacrificio era de todos; pero si lo hacía sería castigada y despreciada por el pueblo entero; el perro moriría, y era tan pequeño... ¿Y si la vieja Cámala se hubiera equivocado?, ¿y si los pájaros negros no fueran hacia Segóbriga? Él los había visto muchas veces, dejándose llevar por el viento; no iban ni venían, se divertían simplemente. Quizá los dioses estaban ya satisfechos, habían recibido tanta sangre, tanto dolor, se dijo pensando estremecido en los ojos nublados de muerte de *Belenos*... Quizá no advirtieran la falta de un perro pequeño...

Las voces se oían muy cerca, y Ater, resolviendo sus dudas, arrastró a Imilce entre los matorrales.

—Ven, te ocultaremos —murmuró tomándola de la mano.

Lisias suspiró aliviado. Sabía en qué lugar podía estar segura.

En el interior de la cueva de Ater, Imilce temblaba con el perro entre los brazos.

—No temas, no podrán encontrarnos; el matorral oculta la entrada —susurró el muchacho en su oído.

Aquellos que la buscaban se aproximaron tanto que podían distinguirse sus palabras. Imilce y Ater reconocieron, entre varias, las voces del Rey y la sacerdotisa.

—Si tu hija no aparece, nuestro sacrificio habrá sido

vano —decía Edeco conteniendo a duras penas su indignada inquietud.

—La ira de los dioses caerá sobre todos en ese caso. Me arrepiento ahora de haberla sacado de mi cuerpo a la luz de la vida —se lamentaba la sacerdotisa.

Lisias oyó luego la voz de su padre.

—Una mula joven y fuerte es más valiosa que un perro pequeño; quizá el dios que amontona las nubes acepte a cambio la ofrenda de un hombre que, aunque no haya nacido en Edeta, en Edeta tiene a sus amigos. Marcho ahora a la ciudad y vuelvo con tanta prontitud como permitan los cascos de mi mula.

En los ojos de Imilce brilló un punto de esperanza. Ater y Lisias se miraron aliviados. Lisias sentía la muerte del animal; pero se alegraba de que fuera su vida la que permitiera a Imilce seguir sintiendo la alegría de tener a su perro entre los brazos.

—Ahora debemos irnos antes de que nos echen en falta. Aquí tienes algo de abrigo —dijo Ater cuando las voces se alejaron, alargando a Imilce una vieja manta de lana de la Celtiberia que se hallaba doblada en un rincón—. No salgas de la cueva por ningún motivo, no sea que vayan a descubrirte los dioses o los hombres. Mañana volveremos con algo de alimento, mientras tanto toma esto para que te proteja y aleja de tu mente inquietud y miedo —añadió entregándole el amuleto que llevaba al cuello.

—No tengáis sobresaltos por mí —respondió Imilce tomándolo— y sabed que os agradezco que por mi causa os hayáis puesto en peligro; no puedo rogar a los dioses para que os sean propicios, porque los dioses no deben oír mis voces, pero mientras haya latidos en mi corazón y aliento en mis labios, en mi corazón y en mis labios habrá gratitud.

Ater y Lisias volvieron a la cima del monte donde de nuevo el pueblo se había reunido. Licos entregó la mejor de sus mulas, y los dioses aceptaron su sacrificio según creyeron todos, porque apenas descendieron del monte, las nubes comenzaron a alejarse en dirección al mar.

De vuelta a Edeta nadie preguntó por Imilce, ni siquiera sus padres o sus hermanos; ni tampoco nadie trató de hallar su paradero, a pesar de que la noche no tardaría en caer y que en el monte las alimañas eran muchas y algunas muy feroces. Sin embargo, Licos se acercó a su hijo.

—¿En algún momento Ater y tú os apartasteis de los que en el monte se hallaban reunidos? —preguntó mirándolo de tal manera que en sus ojos se adivinaban otras preguntas.

Lisias asintió con una mirada en la que se leían otras respuestas.

6
Una vida nueva

IMILCE sufría alejada de su familia y de su pueblo, pero gozaba de la libertad y la belleza del monte. Nada había que le fuera impuesto y hacía aquello que quería hacer cuando deseaba hacerlo.

Ater había modelado para ella un hermoso amuleto de barro cocido que representaba a la diosa de las flechas de oro con el arco tendido; ante la diosa de las cosas de fuera las alimañas inclinaban la cabeza y doblaban las rodillas, y los seres maléficos que habitaban en el monte reservaban sus mágicos poderes.

—Te protegerá de la mujer de los pies de pájaro que vive en el árbol más viejo, de la ira de los dioses y del asalto de las fieras —había dicho Ater.

Pero Imilce no temía a la mujer de los pies de pájaro, ni tampoco tenía miedo del cerdo salvaje o del lobo, porque el cerdo no había de atacarla si no lo molestaba y en cuanto al lobo, hallaba caza suficiente en el monte para no preocuparse por su presencia. Sin embargo, sí temía a los dioses y a las consecuencias de su ira, por eso no los alertaba con invocaciones ni súplicas.

Los animales pacíficos que también vivían en la montaña pronto se acostumbraron a su voz y a su presencia, y así, si el ciervo bebía en el arroyo e Imilce se acercaba, el ciervo alzaba la cabeza un momento y continuaba bebiendo, y aun con el correr de los días muchos de ellos se aproximaron a la mano tendida que les ofrecía hierba nueva y brotes tiernos. El sonido de su flauta no interrumpía el canto de los pájaros y alrededor de la cueva había siempre trinos y aleteos, porque ella les tenía preparados granos de cebada y trigo y migas de pan.

Todo era plácido en el monte para Imilce, únicamente se afanaba en no ser descubierta y en que su perro no se alejara demasiado.

Ater y Lisias tenían, sin embargo, otras inquietudes: la inquietud de subir al bosque todos los días sin que nadie lo advirtiera, la inquietud de procurar a Imilce abrigo y alimento, la de saberla sola cuando caía la noche... y otras tantas inquietudes que se les agrandaban cuando se hallaban lejos de ella. Lisias además temía que su padre en cualquier momento hablara de emprender la marcha. Sin embargo, Licos parecía tener algo que hacer o esperar en Edeta. Por otra parte el Rey y los hombres principales deseaban su presencia; oían su voz y escuchaban sus opiniones, porque era un hombre prudente y generoso a quien los dioses habían elegido.

Los días transcurrieron plácidamente en el monte, ensanchando la amistad de los jóvenes y ahondando sus raíces a la manera de los árboles.

Ater había hecho otra nueva tésera de hospitalidad: una mano que se tendía hacia dos manos unidas. El refugio de Ater, hijo de Norisus, era ya, como lo era también de Lisias, el refugio de Imilce, la que no tenía padres ni pueblo, y a quien los dioses habían rechazado.

Sin embargo, la mala fortuna interrumpió una mañana de secreto y calma: Ater y Lisias subían a la montaña con las mismas prisas de todos los días, deseando hallar a Imilce y temiendo encontrarla herida o enferma. Allí la veían ya, inclinándose sobre unos matorrales. Pero ¿por qué estaría el perro tan excitado? Se apresuraron más; ahora la distinguían mejor; trataba de acercarse a una cría de cerdo salvaje, que debía haberse extraviado. Con toda seguridad la madre habría de estar buscándola. Imilce no se daba cuenta del peligro en el que podía hallarse. De pronto el perro se lanzó entre los matorrales y Lisias y Ater gritaron, advirtiendo a Imilce, al mismo tiempo; ¡allí estaba la madre del pequeño cerdo! ¡Imprudente Imilce!, permanecía en el mismo lugar, sin entrar en la cueva ni subir a la roca, dirigiéndose al enfurecido animal, como si sólo con su voz pudiera calmarlo.

Ater y Lisias corrían monte arriba; estaban muy cerca, pero la cerda atacaría antes de que ellos lograran detenerla. Si al menos Imilce tomara una piedra, un palo, o hiciera algún gesto de defensa... quizá el animal, intimidado, se internaría en el monte puesto que ya había encontrado a su cría; pero estaba ciego de ira e iba ya a enfrentarse con quien, según creía, podía dañar a su hijo.

Ater tensó la honda y preparó el cuchillo; Lisias corría a su lado con el suyo también dispuesto; pero habrían de usarlo demasiado tarde, se decían angustiados. De pronto la ansiedad se les volvió asombro; el perro, aquel amasijo pequeño de ladridos y piel, cortó la carrera del animal, interponiéndose entre éste y su dueña. Imilce gritó, tratando de detenerlo; pero él, sin atender a su voz, inició la acometida, ladrando y gruñendo como una bola de furia, mordiendo allí donde podía. La cerda, desconcertada, retrocedió un momento, pero en seguida arremetió contra él. Primero golpeando, luego hiriendo y desgarrando, para, finalmente, alzarlo con el hocico y dejarlo caer con fuerza tremenda. Imilce la castigaba inútilmente con una gruesa rama de encina, sin que ella, en su furia, llegara a advertirlo, y cuando, sintiendo sobre su cuerpo los cuchillos de Ater y Lisias, se volvió contra ellos, el pe-

rro ya estaba muerto. Siguió una lucha terrible entre los dos muchachos y el animal, que, loco de ira y dolor, se revolvía tras cada herida, acometiendo casi sin fuerzas. Al fin cayó, y Ater lo cosió a cuchilladas.

Imilce lloraba con el perro entre los brazos, y Ater y Lisias trataban de calmarla, buscando, sin hallarlas, palabras que pudieran servirle de consuelo. Imilce, ausente como estaba de todo lo que no fuera su tristeza, no advirtió que la voz de Lisias se volvía más y más débil, pero Ater se volvió hacia él, inquieto.

—¿Qué te sucede? —preguntó mirándolo con extrañeza, para descubrir, sin necesidad de respuesta, la larga herida que se abría en una de sus piernas—. ¡Estás herido! ¡Por todos los dioses, maldita cerda! —exclamó alarmado.

Imilce trajo en seguida agua del arroyo y, rompiendo una de sus sayas, trató de contener la sangre de la herida. Una tras otra se empaparon las improvisadas vendas. Lisias, muy pálido, soportaba el dolor que aumentaba de momento en momento.

—Trata de caminar y partiremos en seguida —dijo Ater, alargándole una rama a manera de báculo y ayudándole a ponerse de pie.

La herida comenzó a sangrar de tal forma que no hubo otro remedio que desistir de marchar.

—Parto hacia Edeta; necesitamos ayuda. Nada diré de ti, Imilce; permanece atenta y ocúltate cuando nos sientas regresar —exclamó Ater, partiendo apresuradamente.

—Busca a mi padre, Ater, que él no habrá de descubrirnos si llega a divisarla —pidió Lisias.

Ater regresó con Licos hacia el mediodía. Del recinto de los animales tomaron la más ligera de las mulas y, empujados por la ansiedad, llegaron al monte sagrado mucho antes de lo previsto. Cuando se aproximaban a la gruta, aún sin que pudiera distinguirse el lugar en el que se hallaba, Ater comenzó a llamar a Lisias a gritos, para así alertar a Imilce. Pero avanzando más, con el roquedo en el que se abría la cueva ya visible, advirtió asombrado que ella permanecía junto a Lisias, sosteniéndole la cabeza sobre sus rodillas.

Licos y Ater corrieron hacia ellos y el comerciante se arrodilló junto a su hijo, sin que diera muestras de reconocer a Imilce. Ella se volvió hacia Ater y respondió a la muda pregunta que le hacía:

—Perdió la conciencia de sí mismo hace algún tiempo. No he querido abandonarlo, porque oí pasos de alimañas alrededor de la gruta; nos habrán olido sin ninguna duda.

Licos alzó la cabeza y le sonrió.

—La herida no es importante, un rasguño hondo que no llega al hueso; pronto volverá de su sueño. En cuanto a ti, no temas porque no voy a descubrirte. Hace tiempo ya que, observando vuestras idas y venidas —añadió dirigiéndose a Ater—, imaginaba una cosa semejante. Ahora regresemos a Edeta para que ninguno se inquiete con nuestra ausencia.

7
La pequeña Artemisa

SIGUIERON días tristes para Imilce: su perro, a causa del cual se hallaba lejos de su pueblo y de sus padres, había muerto, y Lisias estaba herido. Sin duda aquella era la venganza del dios que amontonaba las nubes. «Nadie puede ocultarse a los dioses porque sus ojos penetran en lo más escondido», se decía con amargura. La soledad de la montaña ya no le parecía hermosa, ni el silencio amable. Todos los días eran igualmente largos y todas las noches se llenaban con los mismos temores. Por primera vez estaba asustada; de nada le servía el amuleto que pendía de su cuello; su voz no era mágica, como Lisias le había dicho tantas veces, ni podía con ella calmar a los animales libres. Por primera vez también se preguntaba qué habría de hacer cuando transcurriera el tiempo, si marchar lejos o permanecer en el monte para siempre.

Se olvidó de dar semillas a los pájaros, y los pájaros no acudieron a cantar alrededor de la cueva; también los ciervos que se le aproximaban dejaron de hacerlo al no hallar su mano tendida. Únicamente la paloma que un día recogió herida seguía sobre su hombro, aunque ella no lo advertía.

Ater subía al monte todas las mañanas; pero Ater sin Lisias no parecía el mismo Ater, ni Imilce era ya la misma Imilce. No hacía sino culparse por la muerte del perro, y, constantemente, pedir noticias de Lisias: ¿tardaría mucho en sanar?, ¿no habría de quedar tullido para siempre?, ¿qué decía el médico griego?...

Un día, avanzada ya la mañana, Imilce oyó rumor de voces que se acercaban. Se ocultó atemorizada, pensando que pudieran ser personas de Edeta que, acudiendo al monte sagrado para hacer una súplica o entregar una ofrenda, se hubieran extraviado. Pero cuando los caminantes se aproximaron, distinguió la voz de Ater. «¿Ater hablando consigo mismo?», se preguntó extrañada; sus pasos se dirigían hacia la cueva, pero ¿quién podía acompañarlo sin que fuera un peligro para ella? Sus ojos se iluminaron: ¡Lisias! ¡Lisias que estaba ya curado y había querido sorprenderla! Pero no era Lisias, sino Licos quien acompañaba a Ater. Los ojos de Imilce estaban desilusionados cuando les salió al encuentro.

—Que los dioses te acompañen —exclamó todavía a cierta distancia la voz alegre de Licos—. Aproxímate y mira lo que he traído para ti —añadió alzando algo que llevaba en los brazos.

Imilce se apresuró interesada.

—Ha perdido a su madre, y nadie como tú para sustituirla —dijo Licos mostrándole una cervatilla todavía pequeña, de piel rojiza y ojos asustados—. La encontré esta misma mañana en el bosque que se extiende tras los pastizales. Alguien mató a su madre y marchó sin cobrar la pieza. Tómala, Imilce, y piensa que la diosa de las cosas de fuera te la envía.

Con la cervatilla, Imilce recuperó la alegría, sonó la flauta junto al arroyo de las ninfas, y los pájaros volvieron a encontrar migas de pan y granos de trigo junto a la entrada de la gruta. Un día Lisias también regresó al monte; Imilce oyó su voz cuando se acercaba y se lanzó pendiente abajo llamándolo a gritos:

—¡Lisias, Lisias, oh, Lisias...!

Con la cervatilla siguiéndola a todas partes y Lisias y Ater yendo y viniendo al monte, volvieron los días a ser hermosos. Para los muchachos, Imilce era la más alegre y bella de las Artemisas, como había dado en llamarla Licos, al verla con la paloma sobre el hombro y la cierva al lado.

Una mañana Licos subió a la gruta con Ater y Lisias, llevaba en las manos una gruesa manta de la Celtiberia.

—Utilízala durante algunos días —dijo entregándola a Imilce.

Ella lo miró sin comprender. ¿Por qué durante algunos días? ¿Le habría sido prestada y tendría luego que devolverla?

Lisias y Ater lo miraron también interrogantes.

Licos sonrió:

—La estación templada está para acabar. Sobre los pueblos y los campos se alarga el tiempo de las sombras, y aunque las noches de la Edetania no sean crudas, sí suelen ser en ocasiones frescas, y más aún aquí arriba, en el monte. Ya es hora de que Imilce regrese a Edeta.

Imilce lo miró asustada y ansiosa.

—No la recibirán —afirmó Ater abatido.

—¿Olvidas, padre, que desafió a los dioses y que por esta causa ninguno la nombra ya en la ciudad? —añadió Lisias.

—No lo olvido, hijo; pero todos saben que del mismo modo que los dioses rechazan a los hombres, pueden también devolverles su amistad.

—Para ello se necesitan señales extraordinarias: el rayo que no daña, la herida que cura con agua de fuente sagrada, el animal libre que deja de serlo sin que alguien lo sujete...

—El animal libre que deja de serlo... —repitió Licos—. Y si un día al atardecer, cuando las sombras tornan las cosas misteriosas, apareciera Imilce en Edeta con la paloma sobre el hombro y la cierva caminando a su lado, ¿no serían muchos los que, observando esto y viéndola con los vestidos en orden y bien alimentada, pensarían que la diosa de las cosas de fuera la había protegido? Y ¿no podría yo, que para todos soy un elegido de los dioses, decir que, puesto que volvía sin el perro, el dios que amontona las nubes habría de habérselo arrebatado, y la diosa de las cosas de fuera haberle enviado cierva y paloma a cambio? Y ¿no habría de decir alguno que había recibido castigo y perdón de esta manera? Y si ninguno lo dijera ¿no habríais de decirlo vosotros sin que en ello se adivinara intención oculta?

Imilce asentía esperanzada; pero Lisias y Ater aún dudaban:

—Y si a pesar de todo no la aceptaran ¿qué haríamos, padre?

—Cargaríamos las mulas y partiríamos hacia la Turdetania; Imilce vendría con nosotros.

Imilce regresó a Edeta un hermoso atardecer a finales de la segunda estación templada, con el cielo enrojecido por el sol que se ponía y la ciudad serenando a la luz suave de las primeras sombras. Muy pocas personas había entonces en las calles. Los hombres y las mujeres habían vuelto de los campos y los animales estaban ya recogidos; únicamente algunos niños permanecían fuera, jugando a las tabas o simulando luchas de púnicos y romanos.

Fue uno de ellos quien, interrumpiendo asombrado el juego, alertó a sus compañeros:

—¡La hija de la sacerdotisa!... ¡La hija de la sacerdotisa a quien los dioses rechazaron! —gritaba señalando a Imilce que se acercaba calle arriba con la cierva al lado y la paloma sobre el hombro.

—¡La hija de la sacerdotisa! —gritaron los niños corriendo hacia sus casas.

En seguida aparecieron personas en todos los umbrales, observando, sin creer lo que veían, a la que se les aproximaba tratando de esbozar una sonrisa.

Ater y Lisias, que esperaban tras una de las esquinas conteniendo a duras penas su inquietud, creyeron que el momento de intervenir había llegado.

—¡Sí, es Imilce! —gritó Ater procurando que su voz sonara firme—. ¡Y el monte no la ha dañado después de tantos días de ausencia! —añadió fingiendo asombro.

—Una cierva y una paloma la acompañan sin estar sujetas. Eso es señal de la protección de la diosa de las cosas de fuera —exclamó Lisias avanzando hacia ella.

Las gentes habían comenzado a hablar entre sí, y los niños, que antes huyeran temerosos de despertar la ira de los dioses si los encontraban en su compañía, iniciaron el acercamiento, primero tímidamente, después con mayor decisión.

Licos, que estaba con Norisus y su familia a la puerta de la casa, habló alzando la voz para que lo oyeran muchos:

—Nadie puede vivir en el monte tanto tiempo y regresar luego con buen aspecto y los vestidos en orden, si los dioses no median en ello.

Attia lo miró, recordando la extraña petición que días atrás le hiciera: «una túnica y un manto en buen estado». No lo entendió entonces; pero Licos se hospedaba en su hogar, y los dioses lo habían distinguido entre todos, no era ella por tanto quien fuera a hacerle preguntas, y tampoco las haría ahora; el elegido de los dioses debía saber lo que hacía.

Las gentes asentían murmurando entre ellos, asegurando algunos que los dioses perdonan fácilmente a quienes, siendo de poca edad, tienen también escaso conocimiento.

El círculo en torno a Imilce se fue cerrando y las miradas hoscas dejaron de serlo. Lisias y Ater estaban junto a ella, alentándola con su presencia, dispuestos a defenderla si en algún momento era necesario.

Alguien llevó la noticia a la parte alta de la ciudad y del mismo modo se abrieron allí todas las puertas, de forma que no quedó persona alguna al amor del fuego aquella tarde. También partieron hacia la parte más baja de Edeta, el Rey, los hombres importantes y la sacerdotisa con los demás sacerdotes.

Cuando Edeco y los hombres principales se aproximaron, entre los que se hallaban reunidos en torno a Imilce se hizo un profundo silencio. El Rey la miró severamente, relampagueando de ira sus ojos, pero viendo la paloma sobre su hombro y a la cierva pegada a sus vestidos, se preguntó admirado si los dioses no le habrían devuelto su afecto. No sabiendo hallar respuesta, se volvió a los hombres principales y a los sacerdotes, deteniéndose particularmente en los más ancianos; pero ni unos ni otros supieron contestar. Licos, aprovechando sus dudas y su asombro, se acercó a Imilce y, tomándola de la mano, la condujo hasta su madre.

—La mejor de mis mulas fue el precio de un perro pequeño; los dioses aceptaron el cambio, las nubes dejaron caer su carga sobre el mar y el Tirius contuvo sus aguas derramadas. Mírala, los trabajos del monte no la han dañado y la diosa de las cosas de fuera le envió una cierva y una paloma para que le hicieran compañía; el dios que amontona las nubes nada dijo a esto. Recíbela a tu lado, y devuélvele su casa y su nombre para que de nuevo tenga un lugar en Edeta.

Pálida, y por un momento empequeñecida, la sacerdotisa dudaba. Ella, que hacía de mediadora entre los dioses y los hombres, no sabía qué determinación tomar. ¿Estaría calmada la ira del dios del trueno? ¿No habrían de venir luego males mayores a causa de aquella que ahora regresaba?... Buscó ayuda entre los sacerdotes y, no hallándola, se volvió hacia Cámala, la anciana de las muchas historias:

—¿Conoces tú lo que dicen los cielos y las aves sobre esto? —preguntó con voz débil e insegura.

Cámala, sintiéndose observada por todos, engrandeció su pequeña estatura y elevó la mirada a lo alto: la estrella vespertina brillaba solitaria sobre el fondo azul oscuro de la noche que se acercaba. Una bandada de palomas volaba sobre las murallas de regreso a Edeta.

Cámala bajó la vista y, en silencio, miró en derredor, retrasando sus palabras para que, siendo más esperadas, fueran también más solemnes. Sus ojos se detuvieron en Imilce, que, muy pálida, clavó los suyos en el suelo. Lisias y Ater esperaban sobrecogidos temiendo y deseando oír la voz de la anciana. Sin embargo, fue Licos quien de nuevo interrumpió el silencio.

—Piensa, Cámala, lo que debes decir —exclamó mirándola con firmeza—, pues ha de ser prudente aquel que pone en su boca palabra de dioses. Y si, observando los cielos, tienes dudas del rigor o la misericordia de lo alto, habla con misericordia, porque son muchas las veces que los hombres han atribuido a los dioses rigores que estaban únicamente en sus corazones.

La anciana sostuvo la mirada y, tras un momento de dureza, sus ojos se volvieron a la sacerdotisa.

—La estrella de la tarde luce clara sobre Edeta y las

aves regresan a sus cobijos para resguardarse de las sombras de la noche. Cámala no duda: toma a tu hija y devuélvele su casa y su nombre.

Ater y Lisias estrecharon sus manos alborozados. Los muchachos reían y los niños se empujaban los unos a los otros para observar de cerca el plumaje de la paloma o acariciar a la cierva. Los hombres y las mujeres murmuraban en grupos, observando cómo Imilce, la hija de la sacerdotisa, volvía a casa caminando entre sus parientes.

8
Paz y tierras

EN los últimos días de la estación templada, después de que se hubiera recogido el fruto de los olivos y labrado entre las vides para que las escasas aguas del invierno pudieran alimentar más fácilmente sus raíces descubiertas, Lisias y su padre comenzaron a construir su casa. Licos había cedido al fin a los ruegos de sus amigos para que permanecieran entre ellos, y por tanto en Edeta tendrían un hogar de ahora en adelante; de Edeta partirían con las mulas cargadas para comerciar con los pueblos de la Iberia y de la Celtiberia; pero a Edeta regresarían siempre, y al amparo de sus murallas pasarían todos los inviernos.

La casa era pequeña y, como la de Norisus, estaba en la parte baja de la ciudad, cerca del recinto de los animales, los graneros y las cisternas; pero a Lisias le parecía la más hermosa de todas las casas.

Siguió un invierno tranquilo, durante el cual no bajaron los bandidos de la Celtiberia ni los feroces beribraces arrasaron los campos recién labrados, y tampoco hubo pleitos con los vecinos turboletas por motivos de pastos. Ater y Lisias no tenían mayor obligación

que la de alimentar al ganado y adiestrar a los dos potros, el uno blanco y el otro negro, que habían cazado juntos en los bosques próximos a la ciudad. Al de Lisias, que era manso y calmado, le pusieron de nombre *Leukon* por el color de su pelo; y al de Ater, que era bravo e inquieto como una tempestad, le llamaron *Uardhā*. El potro de Lisias lo habían cazado primero, porque tenía tantos deseos de poseer uno que a la hora de elegirlo no reparó en detalles; *Leukon* se cruzó en su camino, y *Leukon* fue su caballo, el mejor entre todos. Ater, sin embargo, rechazaba uno tras otro; aquél por demasiado alto, éste por demasiado pequeño... hasta que halló un potro negro que se parecía a *Belenos* como una gota de agua a otra, y aquél fue

Uardhā, hermoso como el primero, recio y salvaje también como él. Así, mientras *Leukon* ya aceptaba riendas y bocado, *Uardhā* se revolvía cuando Ater le ponía la cabezada; pero daba gusto verlo trotar alrededor del cercado, con la mirada alta y las largas crines sueltas al viento.

Durante las mañanas de invierno eran esas las ocupaciones de Lisias y Ater; en cuanto a las tardes, solían reunirse junto al fuego de Licos para oírle hablar de sus viajes y de los proyectos que Lisias y él tenían para el futuro, o escucharle narrar los muchos trabajos y zozobras de aquel Odiseus, rey de Itaca, que vagó durante años a su regreso de la guerra de Troya, sufriendo las iras de Poseidón, dios de las aguas que rodean la Tierra, y ayudado por Atenea, la diosa de los ojos claros, hija del divino Zeus.

Ciertamente los días del invierno fueron plácidos y felices; pero con el comienzo de la primavera comenzaron también las inquietudes: cuando los soles de la Celtiberia fundieron las nieves de las montañas y templaron los vientos helados, algunos celtíberos del pueblo que llamaban de los lusones bajaron a Edeta para comerciar, y junto con mantas y sayos de lana llevaron noticias de un hombre joven llegado de Roma; se llamaba Publio Cornelio Escipión y era hijo y sobrino de aquellos otros Escipiones que dos años atrás habían muerto luchando contra los púnicos. Según decían, muchos pueblos de la margen derecha del río Iber se habían unido a sus filas, pues el romano les había hecho promesas de arrojar de sus tierras, y de todas las de la Iberia, a los púnicos, y devolver a cada uno lo que desde antiguo le pertenecía, sin más tributos ni servidumbres.

Ater escuchaba con ojos brillantes al tosco celtíbero de larga y enredada cabellera, calzones de lana de oveja mal cardada y oscuro sayo maloliente, que hablaba a los jóvenes de Edeta, repitiendo las palabras que había dicho aquel Escipión llegado de Roma para ayudarles:

—El oro de los ríos será para aquellos que vivan en sus orillas, y del mismo modo la plata que ocultan las rocas. ¡Paz y tierras para todos!, ha dicho él.

Los jóvenes lo interrumpieron, emocionados y jubilosos, para aclamar a aquel hombre que tales cosas decía, y en seguida le rogaron que continuara el discurso que tanto júbilo y entusiasmo traía a sus espíritus.

—De los hombres que, por no tener tierras propias, andaban antes huidos en las montañas ocupados en robar ganado o asaltar caminantes, hay ahora muchos que luchan junto a él; unos lo hacen por recibir un salario, pero otros porque sus palabras les han movido a seguirlo —concluyó aquel que había llegado de la Celtiberia con los hombres que llamaban lusones.

Ater corrió hacia su casa sin poder contener la emoción de su ánimo:

—¡Basta ya de púnicos rapaces, padre! Un hombre justo llegó de Roma antes de la estación fría para ayudar tanto a edetanos, belos y lusones como a bastetanos o ilergetes; todo pueblo que lo solicite contará con su apoyo, y ese hombre ¡no pide nada a cambio, padre!... Y nosotros estábamos aquí, mano sobre mano, sin saberlo; pero ahora deben enterarse todos, desde el Rey hasta el último esclavo.

Norisus apagó su emoción con una mirada en la que no había entusiasmo alguno.

—¿Olvidas que los púnicos son nuestros aliados y que con los primeros de entre ellos, Aníbal Barca y su hermano Asdrúbal, tenemos suscrito un pacto de fidelidad? ¿Olvidas que la ciudad de Edeta los tomó como huéspedes, y que huéspedes son de todas y cada una de sus casas?

Ater, que no había dudado de que en seguida todos compartirían su entusiasmo, habló extrañado y confundido:

—Sin embargo, no estamos obligados a guardar fidelidad a aquellos que no la mantienen, porque, dime, padre, ¿en qué nos son fieles los púnicos?, ¿de qué peligros nos defienden?, ¿de beribraces o turboletas?... Con brazos edetanos han de ser vencidos brazos turboletas y beribraces; y ¿qué recibimos a cambio?: peticiones de metales preciosos, de granos y ropas, y ¿no nos toman cuando es su antojo los caballos que nos molestamos en cazar y adiestrar? Me parece, padre, que es el púnico el único peligro del que la Edetania necesita ser defendida... ¿Por qué guardar fidelidad a quienes así nos son fieles?

—Eso no te corresponde decidirlo a ti, sino a quien es el primero entre los primeros y a aquellos que le aconsejan.

—Que acrecientan sus dudas querrás decir...

—¡Calla, Ater! —gritó Norisus con indignación—. Y recuerda que quien no tiene edad para arriesgar la vida, tampoco la tiene para disentir de los que por él la arriesgan.

Lo mismo que había sucedido a Ater con su padre, sucedió a Togialcos con el anciano Butelcos, su abuelo, a Orsua con Bodilcos, el forjador de hierros, a Apilio con Ampáramo, el de la espada nunca vencida, y a tantos otros jóvenes que, como ellos, tenían el corazón apresurado. De forma que la ciudad quedó dividida entre aquellos que dudaban y aquellos que ya tenían los arcos tendidos y las falcatas alzadas.

Estaban los árboles florecidos y la semilla brotada, cuando atravesaron el río Iber algunos guerreros de aquel pueblo de la Iberia que llamaban de los ilergetes, los cuales, llegando a Edeta, acrecentaron dudas y excitaron ánimos. Eran los principales entre ellos Indíbil y Mandonio, que a sí mismos se llamaban hermanos, no porque fuera su sangre la misma, sino porque la esposa del segundo era hermana del primero. Durante algunas jornadas cazaron y se alegraron con Edeco y los nobles, en calidad de aliados y amigos, sin que en nada mostraran la causa de su visita; pero el último día, hallándose reunidos en banquete de despedida, Indíbil alzó su copa e, invitando a alzarlas a los presentes, les habló con palabras solemnes y severas:

—Ruego a los dioses, que de la fidelidad a nuestros pactos salen fiadores, para que nos traigan a la memoria aquellos que con nuestros aliados, los púnicos, hicimos en otro tiempo —dijo mirándolos de uno en uno, para continuar con voz cada vez más y más alzada—. Fueron muchas las veces que sus jefes Aníbal y Asdrúbal nos prestaron ayuda con las armas. ¿A quiénes acudisteis, hombres de Edeta, cuando beribraces y turboletas unidos talaron vuestros campos y robaron vuestros ganados? ¿A quiénes, cuando aquellos que ahora se dicen amigos, belos, titos y lusones, no lo fueron? El padre de este Escipión que nos brinda paz y tierras me arrebató las mías y puso al frente de mi pueblo al mayor de mis enemigos; y fue Asdrúbal Barca, a quien ofendéis en vuestros corazones acusándolo de codicia, porque os pide hombres y metales para acudir en socorro de su hermano, que a los romanos hace frente en su propia tierra, fue ese mismo Asdrúbal quien me devolvió pueblo y espada. ¿Habéis olvidado acaso la tésera de hospitalidad que tú, Edeco, guardas en nombre de la ciudad entera? ¿Ignoráis que los dioses vuelcan su ira sobre aquellos que, infieles, rompen sin motivos pactos y amistades?... ¿Qué me respondéis a todo esto? Os lo pregunto porque tengo oído que muchos de entre los vuestros andan diciendo que no deben ser respetadas las palabras que se dieron y hacen preguntas sobre si esto es bueno o no lo es, y si son los Escipiones mejores que los Barca, y los romanos más o menos justos que los púnicos. ¿Qué dices tú, Edeco, que eres el primero entre los primeros? ¿Y tú, Ampáramo, a quien los púnicos ayudaron a mantener la espada en alto? ¿Y tú, Chalbús, cuyos campos los hombres de Asdrúbal han defendido tantas veces? ¿Y vosotros, guerreros de Edeta, a quiénes os uniréis si romanos y púnicos vuelven a enfrentarse?

Edeco respondió por sí mismo y por los hombres de su confianza, protestando que permanecerían fieles a los pactos suscritos y trató de añadir razones a las ya expuestas; pero sus palabras no eran firmes porque en su mente había tantas dudas como seguridad en la de Indíbil.

Apenas los ilergetes volvieron a sus tierras, Edeco y los guerreros importantes mandaron buscar a Licos para saber qué pensaba del púnico y el romano, ya que era hombre prudente y, a causa de sus viajes, conocedor de personas y pueblos.

—Poco sé de este Escipión de quien me habláis —respondió midiendo sus palabras para no influir en ninguno de forma que no fuera la justa—. He oído decir que es hombre valeroso y de gran generosidad, y también he oído decir que los dioses le hablan en sueños; pero cuando se duerme es fácil confundir las propias palabras con las de los dioses. Me han dicho que ha prometido expulsar de las tierras de Iberia hasta el último de los púnicos, y devolverlas luego a quienes son sus legítimos dueños. Sin embargo, desconozco si sus palabras son verdaderas o si, corriendo el tiempo, habrá de olvidarlas. Pero sé mucho más de los púnicos y de Aníbal y Asdrúbal Barca, los primeros entre ellos. Sé que es suya la plata de las minas de Karchendón Nea, Cástulo y Bécula, y también sé que no siempre fueron amigos de los hombres de estas tierras, ni justos ni misericordiosos. Recordad la despiadada dureza de este Aníbal, que ahora lucha contra Roma, cuando puso sitio a la vecina ciudad de Arsesacen, no hace todavía diez años; tres estaciones de cruel asedio no ablandaron su corazón, y cuando finalmente sus habitantes la entregaron al fuego, muriendo muchos de ellos entre las llamas, no tuvo piedad con los que sobrevivieron, y arrasó el lugar en el que la ciudad se había alzado.

—Palabras verdaderas me habéis pedido y palabras verdaderas os he dicho, según mi entender y juicio; pero no es la verdad la misma para todos, y así vosotros debéis discernir si os parecen justas o no os lo parecen.

Las palabras de Licos no disiparon las dudas de Edeco y sus consejeros; por el contrario se dividieron más entre ellos, y así, entre diferencias y dudas, los hallaron los emisarios que el púnico Asdrúbal Barca les enviaba para que acudieran a entrevistarse con él a la ciudad de Karchendón Nea.

9
El Gran Rey

EDECO y los hombres principales partieron una mañana hacia Karchendón Nea con los ánimos inquietos y los pensamientos confusos, pero con las armas y las frentes alzadas, como marchan los hombres libres; y regresaron algunos días más tarde, con las armas caídas y los ojos bajos y doloridos, como regresan los siervos. El púnico Asdrúbal les solicitaba hombres, caballos y armas, además de trigo y harina, sin contar con la plata y el oro suficientes para sufragar las campañas de Aníbal, en cuya ayuda habría de marchar en breve; pero no era esta la causa del abatimiento de Edeco y de los hombres que con él regresaban, sino que Asdrúbal, sin considerar la fidelidad que hasta entonces le habían guardado, exigía a los edetanos, del mismo modo que a los ilergetes y a algunos de los celtíberos, aquellos rehenes que, según consideraba, habrían de obligarles a cumplir las promesas que en otro tiempo le habían sido hechas. Eran éstos la esposa y los hijos de Edeco, la esposa de Mandonio, con cuya retención también obligaba y ofendía a su hermano Indíbil, y la prometida de

Allucio, primero entre los primeros de uno de los pueblos de Celtiberia.

¿Qué amistad y qué confianza eran las que aquel Asdrúbal que los llamaba aliados y les pedía rehenes? ¿Tendrían aún que permanecer fieles a quien de tal modo los ofendía? No quedaban ya dudas en los ánimos de los edetanos, y todos, tanto viejos como jóvenes, tenían los espíritus igualmente indignados. ¡De qué modo lamentaban aquéllos no haberse unido a los romanos! ¡De qué forma se lo reprochaban los ojos de éstos! Pero nada podían hacer, sino entregar lo que se les exigía con las prisas del que tiene superiores fuerzas.

Humillados y abatidos partieron los rehenes hacia Karchendón Nea. Ater los veía marchar, conteniendo a duras penas la furia que le apretaba la garganta. Allí iba Tobulcos, con la espalda vencida y la mirada en tierra; aquel Tobulcos que había ignorado tantas veces a quienes no eran sus iguales, aquel que tomaba como suyos todos los caminos; pero Tobulcos no era ya Tobulcos, para Ater representaba a la Edetania entera.

Los edetanos se hallaban reunidos en el llano que se extendía bajo la ciudad, al amparo de la encina sagrada; Edeco tomó la gran tésera de hospitalidad que guardaba en nombre de su pueblo y después de que los hombres principales la golpearan con falcatas y lanzas, la arrojó al fuego como señal de que el pacto de fidelidad, que con los púnicos tenían suscrito, había sido roto. Los guerreros entrechocaron sus escudos y quebraron la paz y el silencio de la mañana con agudos gritos de combate; después iniciaron la danza, golpeando la tierra, primero con un pie, luego con el otro. Más tarde los sacerdotes sacrificaron un toro de cinco años para que su sangre avivara el calor de los rayos del sol, tantas veces quebrantados por las sombras del crepúsculo y el manto de las nubes; y por último los hombres y las mujeres invocaron al padre de los dioses para que abrasara, con su fuego recién animado, los ejércitos de aquellos púnicos que ahora eran sus enemigos.

Terminada la ceremonia, regresaron a sus casas, sintiéndose algunos aliviados al dejar en mano de los dioses el peso de sus agravios, sintiendo otros acrecentados indignación y deseos de venganza. Pero aún los días no habían disminuido la ira de éstos ni el consuelo de aquéllos, cuando todos vieron cumplidas sus esperanzas: una mañana llegaron a Edeta hombres a caballo. Eran romanos, enviados de Publio Cornelio Escipión. Después de pedir razón de dónde podrían encontrar al primero entre los primeros, continuaron hasta la parte alta de la ciudad, seguidos de lejos por una multitud admirada y curiosa que crecía a medida que avanzaban. Alguien se adelantó para avisar a Edeco, y él les salió al encuentro con la mirada inquieta y colmada de interrogaciones; pero, tras conversar con ellos, no quedó en sus ojos otra cosa que júbilo y agradecimiento; en seguida se dirigió al pueblo para comunicarle la causa de su alborozo:

—Habréis de saber que el romano Escipión por el que nos preguntábamos, tras invernar en Cosse, partió con sigilo hacia Karchendón Nea, de forma que, hallando a los púnicos desprevenidos, los atacó primero por tierra, y más tarde desde el mar, entrando en la

ciudad por los esteros. Escaladas las murallas y abandonadas las torres, los púnicos que las defendían se retiraron, dejando Karchendón Nea desguarnecida. Allí encontró Escipión a aquellos que nos fueron tomados como rehenes, y ahora nos envía un mensajero para decirnos que como amigo nos los devuelve, sin pedir otro rescate que el de nuestra amistad.

Fue un día de júbilo para el pueblo de Edeta; en seguida partirían Edeco y los hombres principales para recoger a quienes ya estarían gozando al pensar en la vuelta; con ellos podrían marchar todos aquellos guerreros que lo desearan, y hasta los hijos de éstos que supieran dominar un caballo.

Fueron muchos los que quisieron partir hacia Karchendón Nea, no sólo para recibir a los rehenes, sino también para conocer al joven Escipión, de quien tantas cosas habían oído y que tan generoso se mostraba. Entre ellos marchaban Norisus y Ater con algunos de sus parientes, acompañando al noble Ampáramo, y Licos y Lisias, cuya presencia el propio Rey había solicitado.

Para Ater y Lisias la marcha era algo más que una salida jubilosa; por primera vez se les permitía ir con los guerreros, escoltando al Rey y a los más importantes de los nobles, y por primera vez mostraban en público la forma en que habían adiestrado sus caballos. Allí estaban, erguidos sobre *Uardhā* y *Leukon*, despidiéndose de Attia y Amia, que los miraban orgullosas, y de Tota, que no podía hacer otra cosa que mantener a los niños quietos. Imilce iba y venía desde el lugar en el que se hallaban su padre y su hermano hasta donde estaban Lisias y Ater diciéndose que con gusto hubiera dado sus vestidos y sus adornos para poder acompañarlos.

Dejando atrás los ríos Tirius y Soukron, tomaron la vía Heráklea aproximándose primero a la costa y, siguiéndola, se adentraron luego hasta Saitibi, donde únicamente se detuvieron para hacer aprovisionamiento de alimentos y agua; atravesando amplios campos de esparto, llegaron hasta Karchendón Nea. La ciudad era alegre y hermosa, llena de vida y bullicio a pesar de que había sido tomada pocos días atrás, con comerciantes de todos los puntos del mar Interior yendo y viniendo a las minas de plata, a los mercados de esparto donde se vendían aparejos y velas de barco, o a los grandes almacenes de salazón de pescado y garum. Las casas, amplias y cuidadas, se alzaban en calles anchas y largas que en nada se parecían a aquellas otras de Edeta. Pero lo que entre todos despertó el entusiasmo de Ater y Lisias fueron los huertos de rosas, grandes rosas de distintos colores; Lisias hubiera querido cortar una para Imilce, pero hubiese llegado a Edeta seca y deshojada.

Escipión les pareció en todo semejante a los dioses, majestuoso y amable al mismo tiempo. Entregó a Edeco su esposa y sus hijos, no como aquel que magnánimo entrega lo que puede retener, sino como el amigo que devuelve con solicitud y cuidado aquello que pertenece a otro. Y del mismo modo hizo con la esposa de Mandonio y la prometida de Allucio.

Edeco dobló las rodillas ante él, llamándole Gran Rey y primero entre los primeros, y lo mismo hicieron Allucio, Indíbil y Mandonio. Edeco volvió a hablar luego en nombre de todos diciendo que ponían a sus pies no sólo armas y hombres, sino sus cuerpos y espíritus, y hasta sus propias vidas si llegara a necesitarlas, y le rogó que los aceptara como devotos*, pues lo eran ya en sus corazones.

—No puedo consentir que hombres de tan probada valentía permanezcan inclinados ante mí —exclamó Escipión alzándolos con apresuramiento—. Y aunque agradezco la devoción que me ofrecéis, os recibo como amigos más que como devotos, porque no soy yo rey, ni mucho menos he de ser rey de reyes,

* Devotos eran aquellos que sentían admiración o devoción por un hombre, al que consideraban superior por sus hechos, y juraban ante los dioses protegerlo en la guerra con sus propias vidas.

sino procónsul de Roma, que se honra con vuestra amistad y os ofrece su mano tendida si queréis tomarla.

Tras pronunciar estas palabras, Escipión recibió los presentes que sus huéspedes le entregaron. Más tarde, el procónsul y aquellos hombres satisfechos y agradecidos que ya eran sus amigos, ofrecieron sacrificios a los dioses y se reunieron alrededor de la mesa para, con un banquete, celebrar la amistad que entonces comenzaba.

De vuelta a Edeta, jóvenes y viejos se sentían igualmente dichosos, y todos tenían algo que contar a sus amigos y algo de lo que enorgullecerse; pero entre ellos Tobulcos alardeaba y se envanecía repitiendo a quien quería oírlo de qué manera el gran Escipión lo había distinguido especialmente.

—El procónsul solía venir por las noches para hablarme, y dijo muchas veces que se admiraba de que un joven como yo no se hubiera inclinado ante Asdrúbal para pedir un trato de favor —decía mirando a su alrededor para observar el efecto de sus palabras.

Para Ater, Tobulcos volvía a ser Tobulcos, orgulloso y vano, sin otro valor ni mérito que el de ser hijo de Edeco.

Norisus, el gran guerrero, advirtió por aquellos días que Ater había comenzado a dejar de ser niño; tenía las espaldas fuertes y anchas y los miembros largos y musculosos; su voz ya no era clara ni aguda y no podía leerse en sus ojos cuando se le miraba. Y por aquellos días sucedió algo que Ater esperaba desde hacía mucho tiempo: una mañana, que no olvidaría nunca, le fueron entregadas falcata y lanza.

Licos, advirtiendo que Ater comenzaba a ser hombre, admitió, aunque su corazón lo seguía negando, que Lisias empezaba también a serlo.

—Puesto que vives en Edeta y tienes tanto de ibero como de heleno, es conveniente que también tú comiences a ejercitarte en el manejo de las armas —le dijo procurando no mostrar la inquietud que sentía.

A partir de entonces Ater y Lisias se ejercitaron juntos. Ater con el mayor de los entusiasmos; sin embargo, a Lisias le parecía que el tiempo que pasaban con las armas en la mano era siempre demasiado largo; de manera que a mediados de la estación cálida, el primero era un experto con la espada y la lanza, y el segundo no obtenía con la una y con la otra más que medianos resultados.

Durante aquellos días Lisias encontraba mayor placer estando junto a Imilce que junto a ninguna otra persona, porque Imilce no era amiga de luchas ni enfrentamientos, ni entendía por qué Ater y otros tantos deseaban ser hombres para matar o morir.

—¿Sabes cuál es mi deseo, Imilce? —preguntaba Lisias con ojos ilusionados—. Conocer muchos lugares, tener amigos en todos los países, y después regresar a Edeta.

—Debe ser hermoso conocer personas diferentes y lugares distintos; pero yo —respondía Imilce con tristeza— no tendré nunca la alegría de regresar porque nunca podré partir.

Y Lisias, sabiendo que su madre y su pueblo habían elegido por Imilce y que sacerdotisa habría de ser, también se entristecía.

10
Lisias, el ibero

CUANDO la estación cálida estaba para terminar, antes de que comenzaran las lluvias de otoño, Licos y Lisias partieron con las mulas cargadas hacia las regiones costeras del mar Interior. Por dondequiera que iban oían decir que Asdrúbal estaba organizando un gran ejército de púnicos y aliados para volver contra Escipión y reconquistar lo perdido.

—No pasará mucho tiempo sin que unos y otros se enfrenten de nuevo, y en esta ocasión la Edetania tendrá que tomar parte en el combate —decía Licos con aire preocupado.

Los guerreros de Edeta tomaron las armas antes del invierno; pero no las alzaron contra los púnicos, como Licos había pensado, sino contra sus vecinos los turboletas. Sucedió terminando el otoño, cuando Licos y Lisias ya habían vuelto al poblado.

Algunos de los pastores que guardaban los rebaños del Rey y de los hombres importantes en las tierras más lejanas de la Edetania cruzaron una tarde las puertas de la ciudad a galope tendido. Llegaban muy alterados, diciendo que la mayor parte de los ganados que pastaban en los prados lindantes con los de los turboletas se hallaban ahora en poder de éstos. La causa había sido que, estando los pastos resecos, los animales, al caer la tarde, rompieron los cercados, pasaron a los prados vecinos y permanecieron en ellos durante toda la noche sin que los pastores lo advirtieran. Por la mañana, cuando quisieron recuperarlos, los turboletas se negaron a devolvérselos, diciendo que las reses que pastaban en sus campos les pertenecían. Se desató entonces la lucha entre unos y otros; pero los edetanos llevaron la peor parte porque los turboletas estaban en sus tierras y tenían mayor número de hombres.

En seguida Edeco y los guerreros se dispusieron a regresar con los pastores para recuperar los ganados perdidos. Pensaban que la lucha sería breve y en unas pocas jornadas estarían de regreso. Ater y muchos otros jóvenes quisieron acompañarlos, pero no se lo permitieron porque la ciudad no podía quedar sin defensa si los bandoleros de la Celtiberia o los feroces beribraces bajaban de las montañas.

Todos los días, al atardecer, Lisias y Ater subían a las torres de las murallas para ver si a lo lejos se levantaba el polvo del camino. Lisias esperaba que fueran edetanos para salirles al encuentro y abrazar a su padre que se había empeñado en acompañarlos; Ater, que fueran celtíberos o beribraces para demostrar el valor de sus brazos y la destreza que tenía con las armas.

Sin embargo, la campaña contra los turboletas se alargó más de lo previsto, y lo que comenzó siendo simple desacuerdo se convirtió en guerra declarada. Pasaron muchos días sin que los que vigilaban en las murallas contemplaran el regreso de los edetanos, o

tuviesen que empuñar sus armas para defender de celtíberos o beribraces los ganados que aún les quedaban. Pero una tarde los rebaños volvieron a sus recintos con tres corderos menos. Fueron feroces alimañas las que los tomaron, y no celtíberos bandoleros o beribraces vecinos. A la tarde siguiente faltaron dos ovejas, y un ternero recién nacido cuatro días más tarde. Pero aunque los pastores batieron el monte varias veces, no pudieron ver al que así les robaba. Muy astuto debía ser el lobo aquel, y estar muy hambriento o muy deseoso de sangre.

Doblaron la vigilancia y durante algunos días no se acercó a los rebaños, por lo que los pastores pensaron que habría encontrado caza fácil en alguna otra parte. Pero una tarde, cuando Amia regresaba del bosque con una carga de leña menuda, a pocos pasos de las puertas de la ciudad se topó con un lobo grande y viejo, al que persiguió a tiros de honda aunque no pudo darle alcance. Aquella misma noche determinó Ater que habría de ser él quien cazara la alimaña, y a la tarde siguiente se fue al monte con Lisias y Togialcos, que habían insistido en acompañarlo. Iban bien armados con arcos, lanzas y cuchillos; además llevaban una red fuerte y tupida, y una piel de cordero recién desollado.

En un claro del encinar cavaron un hueco profundo y, disponiendo la red en el fondo, lo cubrieron luego con ramas débiles y matorral menudo; por último pusieron sobre ellas la piel rellena de pajas y hojas.

Togialcos imitó en el silencio de la atardecida el triste balido del cordero que llama a su madre. Los muchachos esperaron impacientes y emocionados, y, cuando oyeron crujir la hojarasca, tensaron los arcos y palparon los cuchillos en sus ceñidores. No fue sólo un lobo el que acudió al engaño, sino cinco; todos grandes y viejos. Dos de ellos cayeron heridos de dardos, otro se hundió en la trampa y murió a lanzadas, y los dos últimos huyeron monte arriba, aunque uno iba muy dañado.

Lisias, con la caza de los lobos, olvidó durante algunos días la inquietud por la ausencia de su padre; pero pasada la excitación primera, cuando las gentes dejaron de admirarse porque tres muchachos se hubieran enfrentado a cinco lobos viejos y astutos, y no les preguntaban ya qué sintieron hallándose solos ante las fieras, volvió a subir a lo más alto de las murallas para mirar hacia el horizonte. Una tarde vio levantarse el polvo del camino y gritó alertando a los vigías.

—¿Edetanos o beribraces? —se preguntaban entre inquietos y esperanzados.

—Edetanos, seguramente, porque si fueran beribraces, hubieran esperado a la noche —respondió Lisias, tratando de ver en la lejanía.

Y edetanos eran, que traían con ellos las reses recuperadas. El pueblo entero les salió al encuentro, rebosando júbilo e impaciencia.

Lisias no podía contener su emoción: ¡al fin su padre! Era la primera vez que se separaban, y la espera le había parecido demasiado larga.

—Pongámonos las pieles de lobo, así nuestros padres se sentirán orgullosos al vernos —dijo a Ater al tiempo de partir.

—De esta forma parecemos enviados de paz de la Celtiberia; así, cubiertos con pieles de lobos, nos mandaron emisarios cuando, hallándonos en lucha con

ellos, quisieron concertar una tregua —exclamó Ater poniendo de cualquier manera la piel sobre su cabeza.

—Y mensajeros de paz habremos de parecer a los que regresan de combatir —añadió Lisias sonriendo.

El Rey y los principales guerreros abrían la marcha de los que regresaban. Tras ellos llegaban un gran número de hombres armados, seguidos de los pastores que conducían los rebaños y, en último lugar, sobre carretas, los heridos en la lucha.

Lisias y Ater, mientras caminaban, miraban ansiosos entre las filas. No esperaban que Norisus y Licos llegaran en los primeros lugares, porque Norisus no era un hombre importante y Licos lo acompañaba siempre; sin embargo, después de buscar entre los guerreros sin hallar ni al uno ni al otro, comenzaron a inquietarse.

—Son muchos y, con la confusión de los caballos y las armas, habremos pasado sin verlos —afirmó Ater tratando de mantener la calma.

Dos veces deshicieron lo andado sin ya poder ocultar la inquietud que sentían. Cuando Ater vio a uno de sus parientes, corrió hacia él.

—¿Dónde están Norisus y el elegido de los dioses? —preguntó con ansiedad.

La mirada triste del hombre y su mano tendida hacia las carretas les confirmó lo que temían. Sintiendo que sus corazones se aceleraban y les oprimían el pecho, corrieron rebasando hombres y ganados.

Norisus caminaba cabizbajo junto a la carreta que conducía a Licos, y cuando los miró, no pareció reparar en las pieles que los cubrían; sin embargo, Licos, a pesar de sus ojos hundidos y del inmenso cansancio que se adivinaba en su rostro, sí lo advirtió y, tratando de sonreír, los interrogó con el gesto y la mirada. Como Lisias no hallaba palabras, Ater respondió por él:

—Los cazamos nosotros solos, porque atacaban los rebaños.

Los ojos de Licos sonrieron a su hijo y, tras una pausa en la que pareció decirle lo muy orgulloso que de él se sentía, haciendo un último esfuerzo, le habló con una voz débil y honda que Lisias no reconoció:

—No te aflijas durante demasiado tiempo, hijo, y recuerda que en tu corazón hay tanto de ibero como de heleno.

Y tratando de sonreír de nuevo, cayó en un sueño parecido a la muerte.

Licos murió dos días más tarde. De nada sirvieron los esfuerzos del médico heleno ni las aguas curativas de las fuentes sagradas; de nada los exvotos de bronce que representaban a un hombre conduciendo a una mula, para que los dioses no tuvieran duda de a quién debían sanar, y que Lisias ofreció en el santuario del monte sagrado; de nada el carnero que sacrificó Norisus, ni el caballo que inmoló Edeco a cambio de su vida. Los dioses no oyeron las súplicas de los que les imploraban, y Licos murió sin advertirlo, plácida y suavemente.

Siguieron días extraños, de estupor y desconcierto, en los que Lisias se sentía distinto, y las cosas, hasta las más pequeñas, también le parecían distintas. Después llegó el dolor de golpe, oprimiendo su pecho y su mente, con tal fuerza que creyó no poder resistirlo; y el encontrarse solo, aun rodeado de gente; y el sentir que la seguridad que antes tenía en la vida se le había quebrado para siempre, como se quiebra una crátera que cae de las manos.

Sin embargo, el tiempo devolvió las cosas a su lugar, y Lisias advirtió un día que Norisus y Attia atendían a todas sus necesidades, que Ater se había convertido en su sombra, y que Imilce se acercaba a la parte baja de la ciudad con el más pequeño pretexto. Observó que el pequeño Noranus ya comenzaba a hablar y sonrió tratando de entender su media lengua, y le sirvió de consuelo advertir que Amia tejía una túnica para él con más esmero que si hubiera sido para Ater, y que Tota y sus hijos dejaban en su plato una parte de lo que les correspondía.

Lisias, sintiéndose amado, tomó a la familia de Norisus como a la suya propia, y por ella trabajaba y se esforzaba con entusiasmo y gratitud, afanándose también con la espada y la lanza, aunque espada y lanza no estaban en su corazón, porque Norisus era un guerrero y lo había acogido como a un hijo.

Durante la primavera siguiente continuaron las victorias de los romanos frente a los púnicos; primero en Bécula, a la entrada de la Turdetania, donde Asdrúbal fue vencido por Publio Cornelio Escipión; después su hermano Lucio Escipión ocupó la Bastetania, y los esfuerzos unidos de los generales púnicos Giscón y Magón no fueron suficientes para levantar el sitio de la ciudad de Auringis. En uno y otro lugar guerreros edetanos lucharon junto a los Escipiones. Sin embargo, tampoco entonces les fue permitido a los más jóvenes tomar las armas, porque, según decían, los romanos deseaban en sus filas hombres valerosos y decididos, pero también experimentados. Por este motivo los jóvenes se sintieron ofendidos y desilusionados, y Ater más que ninguno de ellos.

—La próxima vez que Escipión solicite hombres de Edeta nosotros tenemos que ser los mejores entre todos —decía arrojando la lanza veinte veces sobre un mismo punto, para clavarla siempre en el centro—. ¡Mira, Lisias, mira allí, a la hoja primera de la última rama!

Y el dardo caía con la hoja de encina atravesada.

Durante aquel tiempo, además de trabajar los campos y ejercitarse con las armas, Lisias y Ater siguieron adiestrando los caballos.

—Nunca el caballo de un guerrero está suficientemente adiestrado —repetía Ater, haciendo arrodillar a *Uardhā* por centésima vez.

Pero no todo eran trabajos y obligaciones para los jóvenes de Edeta que se preparaban para la guerra, también les quedaba tiempo para gastarlo libremente con parientes y amigos, y juntos iban de caza o de pesca, hacían sonar flautas y tubas, o danzaban simulando terribles combates. Lisias, que trabajaba con ellos y con ellos tomaba las armas, participaba de sus distracciones, porque, viviendo entre edetanos, como edetano se comportaba también. Sin embargo, cuando al atardecer las familias se reunían junto al fuego, y unas veces las mujeres y otras los niños le pedían que les recitara los versos que hablaban de aquel hombre llamado Odisseus, sentía que en su corazón había dos partes iguales y que una de ellas seguía siendo helena.

—Eres semejante a Licos. Tu voz es como su voz y tu mirada es igual que era la suya; viéndote y oyéndote, me parece que lo oigo y lo veo —decía Norisus emocionado.

Lisias asentía complacido y orgulloso, porque nada le alegraba tanto como ser semejante a su padre.

11
Un héroe para Edeta

UNA tarde, cuando Ater y Lisias regresaban con los caballos de los pastizales, Amia les salió al encuentro. En la distancia la vieron andar y desandar el camino que llevaba a la ciudad, como a quien la espera le parece demasiado larga. Cuando los divisó, corrió hacia ellos.

—¿Qué podrá suceder? —preguntó Ater espoleando el caballo.

—Nada que merezca tu inquietud —respondió Lisias para tranquilizarlo, aunque se preguntaba también qué habría podido ocurrir para que Amia se apresurara de aquella forma. ¿Sería que Norisus y Attia habrían caído súbitamente enfermos? ¿Noranus o alguno de los niños?, ¿o Imilce quizá? Sintió que su corazón se angustiaba y espoleó a *Leukon* con impaciencia. Sin embargo, pronto advirtieron que los gestos de Amia eran de júbilo y que su carrera se debía a las prisas por comunicarles alguna buena nueva. A más de un tiro de honda ya podían oírla.

—¡Escipión ha enviado mensajeros! —gritaba agitando los brazos—. Debéis reuniros con ellos, ¡también los jóvenes! —dijo jadeando en cuanto detuvieron los caballos.

—¿Los jóvenes debemos reunirnos con los enviados de Escipión? —preguntó Ater sin comprender, mientras la alzaba hasta la grupa.

—Los romanos necesitan a todos sus aliados, aun a los más jóvenes. Tobulcos y sus amigos conversan ya con ellos, y vosotros os teníais que retrasar justamente hoy...

Ater se volvió a Lisias con los ojos brillantes de emoción:

—También convocan a los jóvenes... ¡Nos necesitan, Lisias!

Lisias asintió, tratando de mostrar un entusiasmo que estaba lejos de compartir.

Los legados de Escipión se hallaban reunidos con los guerreros en la parte alta de la ciudad; todo aquel que pudiera manejar un arma era necesario a Roma. Habrían de marchar al sur, hacia la Turdetania, donde todavía dominaban los cartagineses.

—Será el mayor de los ejércitos reunidos hasta ahora; a su vista temblarán los púnicos sobre sus caballos. Si vencemos a aquellos que, por ser vuestros enemigos, son también los nuestros, la Turdetania quedará libre de fuerzas invasoras, y ya toda la Iberia, desde las laderas del Pyrené hasta las orillas del mar Tenebroso, será libre también —exclamó uno de los emisarios de Escipión, dando fin a su discurso y encendiendo de entusiasmo y emoción los pechos de los edetanos.

Desde entonces hasta la partida, Ater no pensó en otras cosas que no fueran batallas ganadas y tierras libres de púnicos. De ello hablaba durante el día y con ello soñaba por las noches. Pero no era él únicamente, porque todo en el hogar de Norisus palpitaba con la guerra y para la guerra se preparaba. Por las tardes, cuando se reunían al amor del fuego, Attia contaba viejas historias de valerosos antepasados que o se dejaban la vida defendiendo las tierras de Edeta, o volvían victoriosos con las lanzas de los enemigos en sus manos. A Amia le brillaban los ojos primero y se lamentaba después de ser mujer, porque a causa de serlo no podría marchar a la Turdetania. Los niños jugaban luchando con lanzas de palo, y hasta el pequeño Noranus, cabalgando sobre una rama de encina, hacía morder el polvo a púnicos imaginarios. Lisias, sin embargo, no podía dejar de pensar en los campos de la Edetania en los que la semilla comenzaba a brotar y que quedarían faltos de brazos, en los ganados, a los que las mujeres y los pastores habrían de defender al mismo tiempo de turboletas y beribraces, y en los pastos, que cualquiera podía incendiar... Pero se ocupaba, del mismo modo que Norisus y Ater, disponiendo escudos y cascos y examinando puntas de lanzas y filos de espadas, porque vivía como edetano y como edetano habría de luchar.

Partieron hacia la Turdetania con las armas y los ánimos en alto, seguros de la victoria y contentos de luchar contra los púnicos junto a sus amigos los romanos.

Regresaron algún tiempo después victoriosos y rebosando júbilo porque toda la Iberia, excepto Gadeira, había quedado ya libre de invasores; pero ¿qué era Gadeira, sino una porción de tierra en el océano Tenebroso?

Ater fue sin duda el héroe indiscutido de la campaña, hasta el propio Escipión le había pedido que se uniera a los ejércitos de Roma en calidad de agregado; pero los romanos partirían pronto, puesto que ya no había invasores a los que expulsar, y Ater no quería combatir en otras tierras que no fueran las suyas. Si había luchado en las riberas del Baitis había sido porque desde ellas los púnicos podían volver fácilmente contra la Edetania, y porque Edeco había prometido auxiliar a los romanos mientras permanecieran en Iberia.

Lisias que no amaba la guerra, también se distinguió en el combate. Ahora estaba sentado a la puerta de su casa junto a Ater. Eran muchos los que los rodeaban, entre ancianos, mujeres y niños, para oír cómo el hijo de Norisus contaba con sus propias palabras de qué modo el gran Escipión había dicho de él que era el más valeroso y el más inteligente de los guerreros. Ater, con el pequeño Noranus sobre sus rodillas mirándolo como si fuera un dios, hablaba recordando con entusiasmo los días pasados:

—Los ejércitos de los púnicos estaban reunidos entre la ciudad de Ilipa, en una llanura que se extiende a la margen derecha de un gran río al que llaman Baitis. Sus hombres eran tantos que, sin contar a sus aliados de la Turdetania, hubieran hecho falta al menos dos días para poder enumerarlos.

»Muchos éramos también los guerreros de Escipión, pues, además de los soldados de Roma, luchaban junto a él hombres de los cosetanos, indiketes, ilergetes, edetanos, y otros tantos, sin contar aquellos que le ofreció Culchas, rey de más de veinte pueblos de la Turdetania. Porque en la Turdetania hay muchos reyes y ciudades, y aunque es sabido que sus habitantes no gustan de las armas, en esta ocasión sí las tomaron, unos junto a los púnicos y otros junto a los romanos, aunque fueron muchos más los que lucharon al lado de aquéllos.

»En las primeras filas de los púnicos estaban los mejores de sus hombres, los más valerosos y mejor armados. Para su defensa tenían ante ellos carros y máquinas de guerra y a la espalda el río, por donde no era posible atacarlos, porque habían puesto vigilancia en la orilla, tanto de día como de noche.

»Escipión discurría con sus generales el modo de sorprenderlos; para que, entretenidas las primeras filas con alguna estratagema, quedara la defensa descuidada, y pudiéramos romanos y aliados caer más fácilmente sobre el grueso de sus ejércitos.

»Todo un día llevaban los generales pensando y exponiendo sus ideas; pero ninguna de ellas parecía satisfacer a Escipión. Yo oía su voz airada en el interior de la tienda, y pedí a uno de los soldados de la guardia que me dejara llegar hasta él. Como era joven y además edetano, no me lo permitía; pero le rogué tan alto y tan continuamente que al fin el mismo Escipión ordenó a gritos que llevaran a su presencia a quien producía tan gran alboroto. No deseaba yo otra cosa y, una vez ante él, me fue fácil explicarle aquello que había urdido. Cuando lo expuse, rió como quien hace días que no ríe. "Me satisface la estratagema y me satisfaces tú, muchacho", dijo sin dejar de reír.»

Ater hizo una pausa y miró a su alrededor; los ojos de los que le rodeaban, brillantes y abiertos de par en par, parecían rogarle que continuara; y el muchacho, viéndolos atentos, comenzó a contarles lo que en la Turdetania había ideado:

—Al atardecer de ese mismo día, algunos de nosotros nos dirigimos río arriba, hasta dejar muy atrás el lugar en el que comenzaba la guardia de los púnicos. Conducíamos con gran sigilo mulas extrañamente cargadas con pellejos de vino vacíos y ropas gastadas. Durante la noche permanecimos ocultos en la ribera, ocupados en hinchar los pellejos con el aliento de nuestras bocas, para luego, una vez llenos, cubrirlos unos con mantos y otros con túnicas. Antes del amanecer los pusimos en el agua y el río, que bajaba crecido porque había llovido pocos días antes, hizo todo lo demás. A la primera luz del alba, los hombres que montaban la guardia de los púnicos advirtieron lo que les pareció ser una sigilosa avanzada de enemigos, dispuestos a sorprenderlos por la espalda; en menos tiempo que se arma un guerrero estuvieron las aguas del Baitis surcadas de embarcaciones que se dirigían hacia los osados nadadores, y poco tiempo después arrojaban los púnicos dardos y lanzas contra hombres que parecían deshacerse ante sus asombrados ojos. Pronto descubrieron el engaño, pero para entonces estaban ya los ejércitos de Escipión atacando al grueso de los suyos.»

Cuando Ater calló, los ancianos, las mujeres y los niños rieron como debió reír el general romano a orillas del río Baitis.

—Pero ahora, cuéntales por qué el gran Escipión proclamó públicamente tu valentía —pidió Lisias, y lo mismo hicieron Togialcos, Orsua y otros jóvenes que se le habían aproximado sin que lo advirtiera.

Ater, asintiendo, continuó el relato.

—Sin embargo, los púnicos no estaban todavía vencidos, y después de retirar a muertos y heridos, volvieron a luchar como a quienes en ello les va la vida, pues si perdían las tierras de la Turdetania, todo lo tenían perdido.

»Publio Cornelio Escipión deseaba deshacer por completo las defensas de los ejércitos que, aunque ya estaban disminuidas, aún conservaban enteras máquinas y carros. Pensó para ello romper las primeras filas a la manera que suele hacerse en nuestras tierras, arrojando contra ellas una manada de toros con teas encendidas en las astas; pero aquellos campos son llanos y abiertos, y los animales enloquecidos, sintiendo el fuego sobre sus cabezas, podían desmandarse en cualquier dirección. Por tanto Escipión pidió un hombre que libremente cabalgara entre ellos dirigiendo su espantada. Alcé la mano antes de que hubiera terminado de hablar, y tras de mí lo hicieron otros, pero yo fui el primero entre todos.

»Puse una condición, sin embargo, para realizar la empresa: no había de ser *Uardhā* el caballo sobre el que montara, porque como no pensaba volver con vida, deseaba que al menos él siguiera viviendo.

»Se determinó hacerlo hacia el mediodía para que, estando el sol con su mayor luz y fuerza, las luminarias de los fuegos fueran menos advertidas.

»Montado ya sobre el pobre animal que había de ser mi compañero, esperando que las teas de las astas se encendieran, después de haberme despedido de mi padre y de mis amigos, yo me preguntaba únicamente si los toros que iban a correr ante mí seguirían la dirección que les marcaran mi lanza y mis gritos, y si los que corrieran detrás habrían de seguirnos.

»Cuando se abrieron los cercados en los que se hallaban retenidos y se cortaron las cuerdas que los sujetaban, los toros que habían de partir en primer lugar huyeron espantados del fuego que sobre sí mismos llevaban, y yo cabalgué tras ellos gritándoles y hostigándoles. A mis espaldas sentía los mugidos de terror y el retumbar de pezuñas de los toros que me seguían. Mi único cuidado continuaba siendo dirigir a los primeros y procurar que me siguieran los demás sin que llegaran a alcanzarme. Cuando fui a darme cuenta, los púnicos huían hacia el río tratando de librarse de la tempestad de terror y fuego que se les venía encima. Los toros es-

taban encauzados hacia ellos y no había peligro ya de que se desviaran; pero yo no podía saltar del caballo porque los animales que iban tras de mí me hubieran pisoteado. Sólo tenía una posibilidad de salvar la vida y esa posibilidad me la pusieron los dioses en el camino: a menos de dos estadios, en el lugar antes ocupado por las filas púnicas, y donde ahora estaban abandonados los carros y máquinas de guerra que queríamos destruir, divisé algunos álamos. En la llanura en la que nos hallábamos no había otros árboles sino olivos, a los que había que evitar, pues, siendo bajos de copa, los cuernos de los toros podían chocar con ellas. Hacia los álamos me dirigí con el corazón palpitando, pues si me equivocaba en lo que pensaba hacer, los toros darían cuenta de mi vida con sus pezuñas, y no era así como yo deseaba morir. Pero los dioses me ayudaron de nuevo y, al pasar junto a un árbol que tenía la copa ni muy alta ni muy baja, me alcé sobre el caballo y, saltando de él, quedé colgado de una rama. Bajo mis pies sentía pasar el terror y el fuego de los toros. Me preguntaba si el caballo seguiría en la misma dirección y si los bueyes que corrían delante de él no cambiarían el rumbo al no oír mis gritos ni sentir el aguijón de la pica sobre sus cuerpos. De todas formas nuestra intención había sido la de romper las filas de los púnicos, y las filas estaban rotas. Ya sentía yo a lo lejos los cascos de los caballos de los romanos y los gritos de guerra de ilergetes, edetanos, indiketes... Cuando pasaban a mi lado, grité para que vinieran en mi ayuda y, saltando sobre la grupa del caballo de un guerrero a quien no conocía, pero que entonces me pareció el más amado de mis amigos, continuamos juntos hasta las riberas del Baitis, donde libramos la más grande y hermosa de las batallas. Aquel día las aguas del río bajaron rojas hacia el mar, y todavía por la noche había toros con teas apagadas en los cuernos tratando de ganar la orilla y embarcaciones volcadas a las que arrastraba la corriente.

»Fueron muchos los púnicos que tomamos prisioneros, otros tantos murieron, y los demás hubieron de buscar refugio en la isla de Gadeira. De sus aliados muchos son hoy aliados de Roma, como aquel rey Attenes que puso ante Escipión su espada y las de sus hombres.

»Desde entonces el brazo del púnico ya no tiene fuerza, ni son órdenes sus palabras. Los campos de la Edetania son nuestros campos y el oro de nuestras aguas nuestro oro. No habremos de alzar nuestras armas por otros pleitos que no sean los que tengamos con aquellos que desde muy antiguo son nuestros vecinos, y nadie vendrá a decirnos con quiénes tenemos que aliarnos y cuándo debemos romper nuestras alianzas. Y todo esto gracias a un hombre cuya amistad los dioses buscan, aquel Escipión que nos prometió paz y tierras para los que no las tuvieran. La paz ya la tenemos, en cuanto a las tierras, muy pronto habrá de venir a devolvérnoslas.»

A las palabras de Ater siguió un emocionado silencio; ancianos, mujeres, niños... se alegraban en sus corazones, sintiendo, gracias al valor y a la sangre derramada de sus guerreros, que eran ya dueños de sí mismos y de aquellas cosas que les pertenecían; pero en seguida se desbordó su entusiasmo pensando en la paz que ya tenían y en las tierras que muy pronto habrían de tener.

12
Tiempos de paz

EN espera de las tierras que el romano Escipión había prometido devolver, la ciudad de Edeta se alegraba, disfrutando de la merecida paz que con las armas había obtenido.

Para Ater no había en todo el mundo otro hombre semejante a Publio Cornelio Escipión, ninguno más grande, ni más valeroso, ni mejor cumplidor de sus promesas. Únicamente los dioses se hallaban por encima de él. Lisias, sin embargo, recordando las palabras de su padre, desconfiaba: «Los hombres se portan de modo distinto en la guerra y en la paz, y aquel que hace promesas con las armas alzadas, no siempre las recuerda cuando las armas descansan...» Había abundancia de metales en los suelos de Iberia, madera y caballos en sus bosques, olivos y vides en las laderas de sus colinas, y espigas inclinándose bajo el peso del grano en sus llanuras. Durante muchos años lucharon los púnicos a causa de todo eso, ¿marcharían los romanos sin tomar nada a cambio de haberlos vencido? Licos se lo había preguntado muchas veces y Lisias ahora también se lo preguntaba. Pero observando el entusiasmo de los edetanos, con nadie osaba hablar de sus dudas, y con Ater, que era de entre todos el más alborozado, menos aún.

En Edeta, Ater ya no era únicamente el hijo de Norisus, aquel que vivía en la parte baja de la ciudad, junto al recinto de los animales, sino un joven guerrero al que los romanos habían distinguido entre miles de hombres valerosos de otros pueblos. Edeco, el primero entre los primeros, oyó complacido el juramento que, poniendo a los dioses por testigos, le hizo de alzar siempre la espada para su defensa y proteger la vida del Rey con la suya propia si ello era necesario.

Desde que regresara de la Turdetania, la voz de Ater se elevaba sobre otras voces, y sus palabras eran escuchadas con atención. Allí estaba ahora, una brillante mañana a comienzos de la estación cálida, en las orillas del río Tirius, observando atentamente las túnicas y mantos que las mujeres tenían extendidas sobre la hierba dorada. Durante todo un año habían hilado, cosido y teñido con el mayor esmero, esperando el día del gran concurso en el que un jurado compuesto sólo por hombres habría de decir cuál era entre todos el vestido más hermoso.

Las mujeres casadas exponían sus ropas en lugar distinto al de aquellas que estaban en edad de hallar reposo; y eran éstas las que observaban las miradas de los jurados, entre los cuales se hallaba Ater, con mayor inquietud y ansiedad. Pues no se juzgaba aquel día únicamente la belleza de un bordado o la finura de un tejido, sino también la habilidad y la hacendosa paciencia de una muchacha; y eran muchos los jóvenes guerreros que, advirtiendo una cosa y otra, hacían luego su petición de matrimonio.

Entre cuatro túnicas dudaban finalmente los jurados; habían sido sus tejedoras: Arquia, hija de Catuenus; Asta, hija de Urmúnicus; Amia, hija de Norisus, e Imilce, hija de Cexaecus. Tras considerar detenidamente calidad y belleza, fue elegida en primer lugar la túnica, bordada con flores y ramas, de Asta, y en segundo, la de color de fuego en la que Amia se había afanado durante dos estaciones completas. Sin embargo, para Ater era mucho más hermosa aquella otra, bordada por Imilce, de un intenso azul que adornaba las franjas de sus bordes con pequeños pájaros en vuelo.

No tardó mucho Togialcos, nieto de Butelcos, en

decidir cuál era, de entre todas, la joven que había de alegrar su casa, tejiendo sus vestidos y manteniendo encendido el fuego del hogar; y sin esperar a oír de labios de Norisus palabras de aceptación y aprecio, cuando aún estaban los vestidos expuestos a las orillas del río, ya decía a Amia aquellas cosas que, según parecía, ella se complacía en escuchar.

Lisias, admirando la túnica de Imilce, se preguntaba con desánimo qué podría él ofrecerle además de su amor. Sin embargo, Ater pensaba en su espada victoriosa y en las tierras que, sin duda, los romanos habrían de entregarle.

Pero Tobulcos, hijo de Edeco, y algunos otros que, como él, podían ofrecer metales brillantes, enormes rebaños y manadas de yeguas, tan veloces que el viento debía correr para alcanzarlas, admiraron también la túnica de Imilce. A la mañana siguiente, apenas abrió el día marcharon para hacer su petición y ofrecimiento hasta el hogar de la sacerdotisa. Tobulcos, sobre un hermoso caballo negro, cubriendo su cabeza con casco de cuero y su pecho con pectoral de bronce, partió el primero acompañado de un siervo que portaba su escudo y de otro que habría de cantar el valor y las virtudes de su amo. Brillantes eran sus armas, brillante su mirada y brillantes las láminas de plata que colgaban de las guardas de su caballo. Pero Apilio, hijo de Ampáramo, el de la espada nunca vencida, que hasta entonces había sido su amigo, le salió al encuentro sobre caballo blanco, y a la puerta de Imilce, Tobulcos le quebró amistad y armas. Igual suerte corrió Abilus, hijo de Chalbús, el de los extensos campos, que se volvió a su casa con las armas rotas y su caballo color de fuego cubierto de polvo y espuma.

Iba ya Tobulcos a rendir falcata y lanza ante la hija de la sacerdotisa, cuando Ater, hijo de Norisus, apareció en la parte alta de la ciudad cabalgando erguido y orgulloso sobre su fiel *Uardhā*. Brillaron de indignación los ojos de Tobulcos y, enfurecido, salió al encuentro de quien, llegando de la parte baja de la ciudad, de aquella forma osaba interponerse en su camino. Con ira arrojó la lanza, y cuando empuñó la falcata, la tomó para matar; pero, perdiendo una y otra, volvió, vencido y humillado, al hogar de Edeco, el Rey, sin otro brillo que el de la grupa negra de su mejor caballo.

Ater no tenía siervo que cantara sus hazañas y tampoco pronunció palabras en su propio favor, pues Imilce sabía de él cuanto era necesario saber; únicamente postró sus armas ante ella y esperó.

Pero Imilce, alzándolas, se las devolvió:

—Mi elección no está hecha todavía, Ater —exclamó con una sonrisa de disculpa—, porque aún mi corazón no conoce con certeza aquello que desea verdaderamente.

Ater tomó sus armas y, montando en su caballo, partió a galope tendido, jurándose a sí mismo que habría de hacer todo cuanto fuera necesario para que Imilce olvidara sus dudas.

Cuando Lisias oyó de sus labios cuál había sido el resultado de su empresa, sintió que su espíritu se aliviaba; nada dijo, sin embargo, de sus deseos, de manera que, todavía durante cierto tiempo, Imilce continuó siendo para ambos lo que desde niños había sido.

Transcurrió el verano y comenzó la segunda estación templada sin que Publio Cornelio Escipión regresara de la Turdetania. No hubo repartos de tierras, ni ninguna de las legiones volvió a Roma. Los edetanos seguían esperando y aún no desconfiaban; pero por aquellos días comenzaban ya a inquietarse porque los romanos, poniendo como pretexto que habían sido sus aliados en la guerra, les solicitaban que contribuyeran al mantenimiento de sus ejércitos. Lo hicieron así, al principio de buen grado, luego, sin embargo, con amargura y resentimiento; porque sucedió que, celebrándose en la ciudad de Edeta un día de mercado, acudieron a ella comerciantes de otras ciudades de la Edetania, y se corrió la voz de que algunos andaban diciendo que, mientras ellos esperaban la llegada de Escipión, el procónsul había tomado, en el alto valle del Baitis, las ciudades de Cástulo e Illiturgi.

—Y así ese traidor romano, al que llamamos amigo, hace ahora lo mismo que antes hicieron los púnicos, porque ricas son las minas de una y otra ciudad —decía uno de estos comerciantes cuando Ater y Lisias alcanzaron a oírlo.

—¿De qué romano y de qué traidor hablas? —preguntó Ater enrojeciendo.

—Hablo de aquel Publio Cornelio Escipión que habiendo prometido devolver las tierras que otros nos tomaron, no sólo no lo hace, sino que él mismo las toma.

—¿De qué sucios labios has oído eso que dices? —preguntó Ater con los ojos brillantes de ira.

—De labios de un hombre de la Bastetania. Un hombre que vio cuanto dijo con sus propios ojos y que ahora está entre nosotros —respondió el comerciante temblando de indignación.

—Vanas y falsas han de ser sus palabras o las tuyas, como uno de los dos ha de ser semejante a ese inmundo animal que salpica a otros con el negro fango en el que se revuelca —gritó Ater alzando su cuchillo.

El comerciante tomó también el suyo, y allí mismo hubieran muerto uno de ellos o los dos, si no hubiera sido porque el hombre de la Bastetania y otros que estaban con él, aproximándose, juraron ante los dioses, por sus propias vidas y las de sus hijos, que lo que habían de decir era únicamente la verdad:

—Lo que ahora digo no lo he oído, sino que lo he visto con mis propios ojos, porque la ciudad de la que vengo está próxima a aquellas de las que os han hablado. Con muchos de los que allí murieron cambié palabras, amables o irritadas, y con muchos de ellos he bebido el vino dulce de la amistad. Habréis de saber que los habitantes de Cástulo, que no se opusieron al asedio de los romanos, trabajan ahora en provecho de Roma las minas de plata que, por estar en su suelo, les son propias. Pero a aquellos hombres y mujeres de Illiturgi que, para defender libertad y tierras, tomaron las armas, ese mismo Escipión, en cuyo nombre este joven alza su cuchillo con tanta prontitud, los castigó con la negra muerte.

Tras estas palabras y otras que les siguieron, la confianza y el entusiasmo de los edetanos se convirtieron en desesperanza y abatimiento.

Ater, sin embargo, aún esperaba. Oyó que Escipión dejaba la Turdetania y partía hacia Karchendón Nea, y creyó que desde allí el procónsul habría de dar explicaciones a sus aliados; entonces sabrían que el asedio a Cástulo e Illiturgi no había sido a causa de la plata de sus minas, sino porque sus habitantes de alguna forma le habían ofendido o traicionado. Vendría luego el reparto de tierras y la marcha de las legiones.

Pero desde Karchendón, Escipión nada explicó, ni

hubo reparto de tierras, ni partieron las legiones con dirección a Roma. Por el contrario, se supo en Edeta que el procónsul había fundado en el valle del Baitis, sobre una colina que dominaba las tierras bajas, una hermosa ciudad, a la que llamó Itálica, como establecimiento permanente de los soldados de Roma que se habían distinguido en la campaña de la Turdetania.

Ater ya no esperó más, su confianza se convirtió en ira y su fidelidad en deseos de venganza. Cuando nuevamente llegaron noticias de la Turdetania y supo que los habitantes de la ciudad de Astapa, asediados por los romanos, habían muerto arrojándose al fuego que ellos mismos habían prendido para destruir sus bienes y sus casas, tomó la falcata y, con ella alzada, recorrió la ciudad gritando a los edetanos que, sin perder tiempo, se unieran a los ilergetes que en la margen derecha del Iber se habían levantado ya contra Roma.

Pero ni Edeco ni ninguno de los principales de entre los guerreros prestaron oído a sus palabras.

—Tenemos suscrito con Escipión un pacto de fidelidad y confianza; él en nada nos ha ofendido, y los dioses volverían su ira contra nosotros si lo rompiéramos sin causa. Nos dicen que Roma se ha adueñado de la Turdetania; pero aquellas tierras no son nuestras tierras, como tampoco Escipión es Roma, sino aquel que de ella recibe órdenes —respondieron.

Antes de que Ater hubiera podido vencer la resistencia que en ellos hallaba, Escipión salió desde Karchedón Nea hacia el río Iber. Diez días tardó en llegar a su margen derecha, dos jornadas más necesitó para pasar sus tropas a la orilla izquierda, y cuatro días después había vencido a los bravos guerreros de Indíbil y Mandonio y a todos aquellos que se les unieron.

13
Vientos de guerra

TRANSCURRIÓ la segunda estación templada y pasó también la estación de las noches frías, y aún los romanos permanecían en las tierras de Iberia. Escipión partió hacia Roma, pero las legiones no marcharon con él. Ahora, cuando nuevamente los días volvían a ser largos y templados, los hombres de Edeta se hallaban reunidos en asamblea, discutiendo lo que otras veces ya habían discutido. Eran sus voces tan altas y airadas que los niños, que desde lejos los oían, se miraban asustados, temiendo que fueran a tomar las armas los uno contra los otros.

Cuando Ater se levantó para hablar, sus ojos brillaban y sus manos temblaban de excitación:

—Tú dices, Edeco, y tú también lo dices, Chalbús, y muchos otros lo decís, que es conveniente para la ciudad de Edeta pagar el tributo de metales valiosos y la vigésima parte del trigo y el aceite que nos exigen los romanos; piensas que de esa forma habremos de ver florecer nuestros campos en paz; pero yo os digo que si ahora entregamos veinte de cien, en los tiempos que vengan habremos de entregar treinta, y más tarde cuarenta y aún más. Pero aunque no fuera así, decidme ¿por qué hemos de entregar una parte del fruto de nuestras tierras?, y ¿por qué el metal que guarda la roca ha de aprovechar a aquellos que no se esfuerzan para obtenerlo?

—No habrá tributo mayor que éste de ahora, porque así nos lo dejó dicho Escipión antes de partir hacia Roma —respondió Chalbús, el de los extensos campos.

—Vanas y falsas son las palabras de este Publio Cornelio Escipión que tanto prometió y nada cumplió. Con la mano sobre el pecho dijo que serían nuestras las tierras tomadas a los púnicos, y estas tierras son ahora de los romanos; también dijo que marcharía con sus ejércitos, pero sus ejércitos siguen acampados al pie de nuestras murallas; y aunque Escipión volvió a Roma, en su lugar llegaron dos procónsules, y ambos hacen y deshacen, el uno desde las riberas del Iber y el otro desde las del Baitis, como si todas las tierras de Iberia les pertenecieran y fueran sus siervos aquellos que las habitan. Contra aquel Escipión se alzaron los bravos ilergetes, y sus armas fueron vencidas, pero no sus corazones. Y ahora Indíbil y Mandonio, los primeros de entre ellos, abrillantan de nuevo sus espadas y otra vez reúnen a sus guerreros para salir al encuentro de los romanos Léntulo y Acidino que así nos oprimen y ofenden. Mandaron emisarios a lacetanos, ausetanos, indiketes... y todos respondieron con las mismas palabras: «Lucharemos a vuestro lado contra los romanos.» Los han enviado también a la ciudad de Edeta, y ¿cuál ha sido vuestra respuesta?: «Habremos de pensarlo todavía», habéis dicho como si los días de nuestra vergüenza no fueran ya demasiados.

—Respondimos de este modo porque son muchos los hombres que luchan junto a Roma y muy grande la fuerza de sus armas, y porque estando nuestras tierras heridas por tantos años de luchas, ya es tiempo de que sanen y produzcan —dijo Edeco.

—Hablas de nuestras tierras, pero ¿nos pertenecen cuando entregamos una parte de sus frutos? Y también hablas de grandes ejércitos y poderosas armas; pero unidos los hombres que viven en ambas márgenes del Iber, con los que habitan en las del Tirius, del Soukrón, del Anas y del Baitis, no habrá romanos suficientes para detener el galope de nuestros caballos, y no tendrán sus armas mayores fuerzas que las que tiene la paja contra el viento.

Ater interrumpió sus palabras, y un profundo silencio se hizo en la asamblea del pueblo; pero como los principales de entre los edetanos aún parecían dudar, continuó dirigiéndose a ellos todavía con mayor ardor y empeño.

—Si vosotros, que sois los primeros en el conocimiento de las cosas y en el manejo de las armas, no las tomáis ahora para marchar a las riberas del Iber, habrán de partir los que, siendo de menor edad y experiencia, tienen mayor arrojo y determinación; y si tampoco ellos lo hacen, partiré yo solo, porque si no lo hiciera, mi falcata, al sentir el roce de mi mano sobre su puño, se quebraría de vergüenza —gritó desenvainando la espada.

Los jóvenes gritaron con él, poniendo a los dioses como testigos de que no lo dejarían marchar sin compañía.

Fue tanta la agitación y sonaron tan altas las voces en la asamblea del pueblo, que durante unos instantes no advirtieron que los suelos habían comenzado a temblar y las cosas a moverse. Cuando se apercibieron de ello, se interrumpió todo ruido, y tanto los más jóvenes como los más ancianos doblaron las rodillas y permanecieron inclinados entre tanto la cólera de los dioses agitaba los montes y los llanos.

Cuando cesó el movimiento de la tierra, Edeco, pálido y sobrecogido, se dirigió a la asamblea:

—Los dioses han hablado y sus palabras han sido de ira; sin embargo, no entiende mi mente aquello que han querido decirnos.

Ni Chalbús ni Ampáramos ni Cexaecus ni aún los más ancianos de los hombres del consejo de Edeta supieron interpretarlas, y como de entre los jóvenes los unos decían una cosa y los otros la contraria, acordaron enviar un mensajero en busca de Cámala, la anciana de las muchas historias.

Cuando Cámala hubo observado detenidamente la grieta que a sus pies hería la tierra, elevó la mirada hacia las nubes y pareció leer en ellas. Después se dirigió al consejo de Edeco y a los hombres del pueblo que se reunían en asamblea.

—En el interior de la tierra quebrada, mis ojos descubren claramente sangre y dolor; sin embargo, confusas y extrañas cosas ven en las formas de las nubes —exclamó, mirando nuevamente hacia lo alto como si lo que allí viera la llenara de extrañeza—. Una paloma vuela tras un águila y la pone en fuga...; ahora la paloma ha vuelto al nido...; contra un sol enrojecido hay una espada quebrada... ¡y el águila duerme en el nido de la paloma! —añadió presa de temor, volviendo a mirar la tierra agrietada—. ¡No vayas, Edeco, contra los romanos!, ni permitas que se alce contra ellos ninguno de los tuyos, pues es sangre y dolor de Edeta lo que veo en el interior de la tierra.

Tras las palabras de Cámala siguió un largo y profundo silencio. Cuando continuó la interrumpida asamblea, la mayor parte de los jóvenes rompieron sus anteriores promesas, de forma que eran muy pocos los que aún hablaban de marchar junto a Ater a las orillas del río Iber. Pero las mujeres que, después de moverse la tierra, habían buscado la proximidad de sus hijos y sus maridos, alzaron sus voces sobre las de los hombres, gritando que ellas partirían a luchar contra Roma si los guerreros no lo hacían.

—Otras veces se agitó la tierra y no por ello dejasteis de salir a defenderla; pero ahora, guerreros valerosos, permaneced en el interior de vuestras casas, tejiendo vuestros vestidos y aderezando vuestras comidas; parid también vuestros hijos y amamantadlos luego a vuestros pechos, porque nosotras las mujeres habremos de salir a defender las tierras que nuestros padres nos dejaron —gritó Amia, hija de Norisus, tomando la falcata del ceñidor de un guerrero y blandiéndola en alto.

La arrebató de sus manos una mujer de edad mediana:

—Tres hijos, de los cuatro a los que di vida, me tomó la negra muerte en lucha contra los púnicos; y yo misma perdí uno de mis brazos cuando, estando los guerreros ausentes, hubimos las mujeres de defender la ciudad del asedio de los belos; pronta estoy ahora a perder el otro —exclamó alzando la falcata con su única mano—. Es sangre de Edeta lo que la anciana Cámala ha visto en el interior de la tierra quebrada; pero no la que ha de ser vertida, sino la ya derramada

por aquellos que en otros tiempos defendieron la ciudad y los campos; y si ahora quedan sin defensa, ¿de qué habrán servido aquellas luchas y aquellas muertes? —gritó mirando con fijeza los rostros confundidos de los guerreros.

Habló luego un mujer anciana que había conocido muchas paces y muchas guerras:

—Habremos de estar contra Roma o junto a Roma; no sea que por no tener enemigos, tampoco tengamos amigos, y nos suceda lo que a aquel hombre de la narración que, siendo de edad madura, fue a casar con dos mujeres, la una joven y la otra vieja. La joven, para que en todo se asemejara a ella, le quitaba uno a uno los cabellos blancos, y lo mismo hacía la vieja con los negros; de forma que, después de algún tiempo, no quedaban en su cabeza ni los unos ni los otros*.

De mujer en mujer fue pasando la espada, y todas, con ella en alto, hablaron de luchar y de morir para

* Cuentecillo ibero atribuido a Viriato.

que en las tierras de Edeta no hubiera ni romanos ni púnicos, sino únicamente los hombres y mujeres que en ellas hubieran nacido y aquellos otros a los que reconocieran como amigos verdaderos.

Oyéndolas, se enardecieron los ánimos de los jóvenes y de algunos de los principales guerreros, y juraron ante los dioses que no tardarían en unirse a los ilergetes más que el tiempo necesario para tomar las armas. Pero como la asamblea se hallaba dividida, creyendo los unos que la sangre que Cámala veía en el interior de la tierra era la que se habría de derramar si luchaban contra los romanos, y los otros que era la ya vertida en guerras contra púnicos, el consejo de Edeco determinó que la marcha habría de ser libre, para que la ira de los dioses no cayera sobre Edeta, sino únicamente sobre aquellos que no hubieran sabido interpretar sus calladas palabras.

—No habremos de esperar que los romanos lleguen a repartir las tierras que son nuestras, las tomaremos nosotros cuando y como nos plazca, y las distribuiremos luego según dispongan nuestros consejos y asambleas —decía Ater a Norisus y a Lisias con ojos encendidos y apresuradas palabras, mientras preparaban juntos la marcha.

Lisias disponía falcatas y lanzas, cuchillos y venablos, además de los redondos escudos y los cascos de cuero. Y todo ello lo hacía en silencio, no sólo porque Ater no cesaba de hablar, sino porque no estaba su ánimo para pláticas entusiasmadas. Sangre vertida era la que la anciana Cámala veía en la tierra, pero también era sangre por verter; de ello estaba segura, porque los ejércitos de Roma eran disciplinados y obedecían a jefes que estaban unidos entre sí. Todos sus hombres combatían de un mismo modo y recibían órdenes precisas y seguras; todos eran guerreros de Roma y por Roma luchaban. Los ejércitos de Iberia, sin embargo, eran unos de los ilergetes, otros de los lacetanos, aquéllos de los indiketes, éstos de los edetanos... No reconocían otros jefes que los suyos naturales, y aun, estando en el combate, cada uno luchaba a su manera, confiando más en su propio arrojo que en las órdenes de los que los dirigían. Lisias pensaba tristemente que habrían de ser vencidos, porque, aunque lucharan juntos, de ningún modo se unirían. Si lo hubieran hecho, nunca los púnicos hubieran podido vencerlos; ni ahora tampoco los romanos podrían vencerlos si lo hicieran.

La noche que precedió a la partida, después de que Attia contara las diversas historias de aquellos valerosos antepasados que fueron a combatir y volvieron siempre con las espadas en alto, Lisias se dirigió al recinto de los animales.

Era muy hermosa aquella noche de la estación cálida con la luna crecida y los cielos inundados de estrellas. Ante la puerta de su casa, Belligeno, el celtíbero forjador de hierros que en otros tiempos había abandonado las tierras de los pelendones para establecerse en las de Edeta, invocaba a la alta diosa de la luz blanca para que protegiera a sus dos hijos, Orsua y Bodilcos, que a la mañana siguiente habrían de partir a luchar contra Roma.

Lisias, con un extraño sentimiento de dolor, entró en el recinto de los animales, acarició a *Leukon* y le habló, como si él pudiera entenderlo, de aquellos sueños suyos que sabía imposibles: de romanos en Roma, edetanos en Edeta, indiketes en Indika, púnicos en sus tierras del otro lado del mar Interior... sin otros deseos ni ambiciones que los de ver sus caminos orillados con flores de verano, sus cosechas recogidas y sus hijos jugando en las márgenes de los ríos.

Luego recorrió la ciudad calle a calle, desde la parte baja hasta la parte alta. En casi todas las casas brillaban aún las lucernarias y con toda claridad podían oírse voces y cantos que hablaban de guerra.

Muy de mañana partieron los guerreros de Edeta hacia el río Iber. Apenas alzado el sol, se reunieron hombres, mujeres y niños ante la encina sagrada, y bajo su copa protectora invocó la sacerdotisa al dios de la guerra para que aquellos que marchaban a luchar regresaran con las armas alzadas.

Impacientes estaban los jóvenes por partir, impacientes sus caballos viendo ante sus ojos senderos y caminos abiertos; con dificultad el noble Ampáramo, que los conducía, lograba mantenerlos reunidos; únicamente Lisias no se impacientaba, porque únicamente Lisias dudaba de la victoria.

14
El sol enrojecido

SEIS días necesitaron los hombres de Edeta para llegar a la margen derecha del río Iber, donde se hallaban reunidos los guerreros de aquellos pueblos que iban a enfrentarse a las legiones de Roma. Durante el camino se les habían unido hombres de los distintos poblados de la Edetania, jóvenes en su mayoría, de forma que era aquel un ejército vigoroso y entusiasta que soñaba con la victoria.

Ahora, en los llanos que se abrían entre el río Iber y los montes marginales de la cordillera Idoúbeda, esperaban con impaciencia ver aparecer a los romanos. La recién nacida mañana se alegraba con los reflejos del sol sobre cascos, escudos y pectorales y con el dorado tintineo de las laminillas que colgaban de las guardas de los caballos.

La mano de Ater temblaba de emoción sobre las riendas bordadas de *Uardhā*. Desde la colina en la que se hallaba la caballería podía ver, contra un bosque de lanzas en alto, el mar de escamas plateadas de las cotas de malla que protegían los cuerpos de los hombres de a pie que en la llanura esperaban alineados en orden de batalla.

Eran muchos los guerreros que habían acudido a la llamada de Indíbil y Mandonio; muchos miles de lacetanos, ilergetes, ausetanos, edetanos... No lucharían esta vez en grupos reducidos, apareciendo y desapareciendo, como era costumbre, en lo más escarpado del terreno. Sería aquel un combate en campo abierto, a la manera de Roma.

Ater estaba seguro de la victoria; él mismo había urdido la estratagema que habría de llevar a la derrota a las regiones romanas, del mismo modo que, en las orillas del Baitis, urdiera la que las llevó a la victoria. Cien veces había discutido con Lisias cada uno de sus detalles, y cien veces la había expuesto a los guerreros que debían conducir los ejércitos. Lisias decía que habrían de tener orden y unión para vencer, y Ater decía que, además, sería necesario astucia y valor. Por ello había ideado la manera de aunarlo todo. Mientras contemplaba el campo de batalla, volvía a repetir la estratagema en su mente: «Los hombres de a pie, organizados en tres grandes cuerpos, del mismo modo que las legiones de Roma, uno central y los dos restantes en los extremos a manera de alas, habrán de ser los primeros en el combate. Durante algún tiempo hombres de a caballo permanecerán ocultos en las colinas, y cuando la fatiga comience a quebrantar los ánimos de nuestros guerreros de a pie, acudirán a prestarles ayuda. Pero no tomarán todas las cabalgaduras, sino únicamente la mitad de ellas, de forma que habrán de montar dos hombres sobre el mismo animal; el resto de los animales quedará entre el matorral hasta que, más tarde, los llamen sus dueños. Cuando la primera parte de la caballería descienda de las montañas, los romanos saldrán a su encuentro confiados, creyendo que es escaso el número de aquéllos que la componen.

»Los hombres que monten a la grupa habrán de saltar entonces de los caballos y se unirán a los que luchan a pie. Cuando la caballería comience a mostrar signos de fatiga, los caballos que hayan quedado en los montes acudirán al oír las voces de sus amos que los llaman, y los romanos viéndolos bajar la pendiente alegres y ligeros, galopando delante del viento, habrán de creer, en la distancia, que es un nuevo ejército, descansado y vigoroso, el que se les viene encima, y sin duda, sabiéndose vencidos, emprenderán la retirada.

»Todo esto se hará con orden y concierto, aunque con gran rapidez. Y cada hombre obedecerá a su jefe y cada jefe dará aquellas órdenes que entre todos hayan sido concertadas.»

No dudaba Ater de la bravura de los ejércitos de los pueblos de la Iberia, ni de la eficacia de su estratagema, por eso esperaba impaciente ver aparecer a los soldados de Roma. Sin embargo, a su lado, Lisias se atormentaba haciéndose preguntas sobre si aquellas bravura e impaciencia no serían la causa de otra gran derrota.

El corazón de Ater comenzó a latir con apresuramiento: río arriba se oía ya el sordo y rítmico rumor de los pasos de las legiones. Palmeó el cuello de su caballo:

—Mira bien, *Uardhā*, porque serán estos los últimos romanos que veas en tu vida —exclamó sin una sombra de duda.

¡Allí estaban los ejércitos de Roma! Los unos bajo el mando del procónsul Léntulo, los otros bajo los del procónsul Acidino. Muchos eran sus hombres; pero de nada habría de servirles en esta ocasión, ni tampoco órdenes precisas, ni máquinas de guerra.

Los hombres de a pie que formaban en las filas de Indíbil y Mandonio, observando la proximidad de las legiones, entrechocaron sus escudos, tocaron las grandes trompas y, danzando y cantando, les salieron al encuentro. Viéndolos avanzar hacia los odiados romanos, se encendieron los pechos de los hombres de a caballo y, sintiendo temblar de impaciencia espadas y lanzas en sus manos, olvidaron estratagema, concierto y órdenes y, lanzando terribles gritos de guerra, cabalgaron ladera abajo, uniéndose a los hombres de a pie cuando aún no se hallaban dispuestos ni el cuerpo central ni los otros dos que, a manera de alas, habían de auxiliarlo. Con enorme rapidez, sin dejar tiempo a los romanos para organizarse, prendieron los arqueros las estopas impregnadas en pez con que fortalecían las puntas de sus flechas, tensaron los honderos sus hondas de esparto, se alzaron lanzas y espadas, y se elevaron cantos y gritos, de forma que los romanos, aterrorizados por el estruendo y el gran número y furor de los hombres, iniciaron la huida, perseguidos de cerca por una lluvia de ira, piedra y fuego.

Ater, que en un primer momento había intentado detener a la caballería, reía ahora observando la retirada de las legiones.

—Ves, Lisias, no hicieron falta conciertos ni estratagemas; los romanos huyen como liebrecillas ante hocico de hurón —decía.

—Volverán, Ater, y hemos de estar preparados.

—¡Qué han de volver, Lisias!; su temor es tan grande que seguirán corriendo hasta llegar a Roma —exclamó Ater entre las risas de todos los que los oían.

Los romanos volvieron antes del mediodía y hallaron a los hombres de la Iberia ebrios de sol y de victoria. Volvían decididos a combatir, porque serían castigados con la muerte si no lo hacían. Lo advirtieron los legados a los tribunos, que a su vez lo advirtieron a los centuriones, y éstos a los decuriones, que con toda firmeza lo dijeron a los guerreros romanos: «Nunca más habrán de correr las legiones de Roma ante un puñado de bárbaros reunidos, por muchos y feroces que les parezcan. ¡La muerte será el castigo de la huida!»

No hubo gritos de guerra, ni faláricas y flechas encendidas, ni caballos arrojados al galope contra sus filas, capaces de detenerlos. Muchos eran los guerreros de los pueblos de Iberia, pero muchos eran también los de Roma; grandes eran el valor y la astucia de los primeros, pero los segundos se apoyaban los unos en los otros y estaban bien dirigidos.

Muy poco tiempo después quedó la margen derecha del río Iber cubierta de cuerpos de hombres nacidos en las tierras de Iberia.

Lisias y Ater combatían juntos, tratando ambos de ayudarse y acudir allí donde fuera necesario; eran dos hombres que luchaban como diez. *Uardhā* y *Leukon* les ayudaban también con su perfecto adiestramiento y su gran nobleza; entraban y salían de entre los caballos de los romanos, con tanta astucia y ligereza que nadie podía, no ya herirlos, sino ni siquiera rozarlos; y se alzaban de manos y sacudían las crines tan rápida y tan embravecidamente que los caballos de Roma, que no tenían ni lealtad a sus dueños ni adiestramiento suficiente, no osaban acercarse a aquellos vientos de furia, el uno blanco y el otro negro, que unidos se les oponían. Sin embargo, ante el ataque de tres romanos al mismo tiempo, *Uardhā* dio un paso en falso y, sintiendo la herida de una lanza sobre una de sus ancas, se alteró de pronto y despidió a Ater que luchaba desprevenido. Se alzó el joven con grandes prisas, pero como no halló al caballo, montó a la grupa del de Lisias, que había acudido en su ayuda.

Fue un hombre de Roma el que, habiendo perdido su cabalgadura, detuvo la huida de *Uardhā*. Ater, advirtiéndolo, silbó al caballo para que se mantuviera quieto, y por más que el romano lo castigó, no consiguió que despegara los cascos del suelo. Luego, cuando Lisias y él se hubieron librado de los romanos que los atacaban, Ater llamó a *Uardhā*, y el animal, inesperadamente, dobló las manos y el romano salió por encima de sus orejas; luego, con gran rapidez, acudió a la llamada de su amo.

Lisias y Ater continuaron luchando juntos, sin reparar en otra cosa que no fuera su propia bravura; unos tras otros, los romanos que se les oponían caían del caballo con las armas quebradas. Pero de pronto, Ater, lanzando un grito que era al mismo tiempo de ira y dolor, cabalgó hacia el guerrero que unos pasos adelante luchaba a la desesperada. Lisias lo siguió estremecido: Norisus, manteniéndose a duras penas sobre el caballo, trataba de proteger el cuerpo muerto del noble Ampáramo. En una mano mantenía alzadas dos espadas, una era la suya y otra la del hombre a quien había jurado defender con su vida.

Varios romanos cayeron bajo el filo de la enfurecida falcata de Ater; pero él nada pudo hacer en favor de su padre, sino tomar las dos espadas que le entregaba.

—Que no las toquen manos romanas —exclamó

Norisus, dejando caer, muerte sobre muerte, su cuerpo vencido junto al de Ampáramo.

Con grandes dificultades y peligros retiraron Lisias y Ater ambos cadáveres del campo de batalla, derrochando valor y astucia, atacando unas veces, huyendo otras, pudieron al fin abrirse paso entre las filas romanas. Únicamente cuando se hallaron en las colinas, al amparo de quebradas y matorrales, advirtió Lisias que Ater estaba herido. Eran largas y hondas las heridas que, en las dos piernas, destrozaban músculos y llegaban hasta el hueso: sin embargo, no parecía sufrir demasiado, pues estaba su ánimo tan colmado de pesar que no había en su cuerpo lugar para otros dolores que no fueran los que sentía por la derrota y por la muerte de Norisus. En ninguna otra cosa reparaba hasta que advirtió que la punta de su espada había sido quebrada. Entonces aumentaron en gran manera su tristeza y su ira.

—¡Temblad, romanos!... porque hemos de volver contra vosotros —gritó alzándola hacia un sol enrojecido de tarde y muerte.

Lisias, mirándolo, se dijo con dolor que durante largo tiempo habrían de ser rojos los soles de Iberia.

15
Los vencidos

DURANTE toda la noche estuvieron sedetanos, ilergetes, edetanos... retirando sus muertos de las orillas del río Iber. Muchos, entre lo que se hallaba el gran jefe Indíbil, cayeron bajo los ejércitos de Roma; pero otros, que fueron tomados prisioneros, murieron por sus propias manos, porque les era más amable la muerte que la esclavitud que los romanos habrían de imponerles.

Cantos de dolor y muerte entonaban los guerreros vencidos cuando, al alba, se alzó hacia el pálido sol que nacía el humo de las piras funerarias. Largo era el camino de vuelta, fuerte ya el verano, y de ningún modo podían ser transportados los cadáveres sin antes ser purificados por el fuego. Entre las llamas quedaron los corazones valerosos de Indíbil, el primero entre los ilergetes, de Ampáramo, al que los romanos arrebataron la vida, pero no la espada, de Cexaecus, el de las palabras justas, y de otros muchos que, sin ser en sus pueblos hombres principales, eran igualmente valientes y generosos, como lo fueron Norisus y sus hermanos Garónicus e Hirluteyo, Orsua y Bodilcos, hijos ambos de Belligeno, el celtíbero forjador del hierro, y tantos otros que días antes partieron de sus hogares con las espadas en alto y en los ojos brillo de victoria.

Tristes muertes eran aquellas, sin provecho y sin gloria. Tristemente danzaban alrededor de las piras encendidas aquellos hombres que, habiendo jurado ante los dioses defender con sus vidas las de sus jefes, no pudieron hacerlo. Tristemente se dieron muerte luego, para acompañar muertos a quienes vivos no habían podido proteger.

Triste fue para todos el camino de vuelta a Edeta; pero más que para ningún otro lo fue para Ater que, además de haber perdido a su padre y a dos parientes cercanos, regresaba herido en el cuerpo y en el ánimo, pues no cesaba de culparse de haber sido él quien, con sus apresuradas palabras, desoyendo los consejos de la anciana Cámala, los había llevado a la muerte y a la derrota. Entrando en tierras edetanas, su dolor aumentó de tal forma que su espíritu, seguramente para escapar a él, se sumió en una especie de sueño, en el que, sin embargo, no halló paz ni descanso, porque del mismo modo reía que se lamentaba, llamando a Norisus, su padre, o a Orsua y Bodilcos, sus amigos.

Grande fue el dolor en la ciudad de Edeta. Enmudeció de tristeza la fragua del forjador de hierros; permanecieron quietos devanederas y telares, y cesaron los niños en sus risas y en sus juegos. Únicamente los perros se movían, yendo de acá para allá, buscando doloridos e inquietos a los amos que no habían vuelto.

Noranus, el pequeño gran guerrero, acababa de regresar del triste recinto en el que se hallaban las casas de los muertos. Estaba sentado en el suelo a la puerta de su hogar, pensando apesadumbrado en cuanto acababa de ver, mientras oía el grito de guerra que, en su delirio, Ater lanzaba de vez en cuando. En el lugar que llamaban la ciudad de la muerte había muchas moradas. Todas estaban excavadas en la tierra; pero, mientras una eran grandes, con largas paredes de piedra y techumbre de madera, otras eran pequeñas, apenas un hueco abierto en el suelo. En una de éstas habían puesto la urna de barro que contenía las cenizas de Norisus, su padre, y algunas de las cosas que le habían pertenecido: el casco, la espada, los arreos de su caballo y algunos cuencos y ánforas conteniendo alimentos y bebidas; y además aquellos pocos higos dulces que tanto le gustaban, y que Noranus, sin que nadie lo advirtiera, había dejado junto a la urna.

Noranus pensaba que ya que su padre había tenido que morir, le hubiera gustado que, al menos, descansara en una gran tumba familiar en la que cupieran muchas otras urnas y todas aquellas cosas que pudiera necesitar en el mundo de la muerte. Lisias había dicho que el cuerpo de Norisus había muerto, pero que su espíritu no moriría porque era el espíritu de un héroe, y que desde entonces habría de combatir sin ser vencido jamás. En ese caso habría de necesitar, además del casco y la espada, la lanza y el escudo, la cota de malla, los pectorales de bronce y las botas de cuero. Todas aquellas cosas que habían sido introducidas en la tumba de Ampáramo, en la de Cexaecus y Cormobás, su hijo, y en la de Atilus, hijo de Chalbús, el de los extensos campos. Le hubiera gustado también que, sobre el túmulo de tierra que cubría la sepultura, se elevara un altísimo pilar de piedra coronado con la figura de un toro embravecido o de un lobo con las fauces abiertas, como las que había sobre las tumbas de los mismos Cexaecus y Ampáramo. Sobre el túmulo de tierra que cubría la sepultura de su padre no había, sin embargo, más que una laja de piedra mal cortada; pero Lisias le había dicho que cuando Ater sanara, habría de hacer con sus manos la más hermosa de las estelas funerarias. Por eso y por otras muchas cosas, Noranus deseaba más que nada en el mundo que Ater cesara de gritar, se sentara en el lecho y volviera a ser como antes era.

Ater seguía gritando en el interior de la casa, y Noranus, para no oírlo, se tapó los oídos y pensó en otras cosas que Lisias también le había dicho. Le dijo que ya tenía más de seis años y, por tanto, debía ayudar a trabajar los campos y a cuidar los caballos, por eso el pequeño gran guerrero Noranus procuraba, en cuanto le era posible, mostrarse valeroso.

Cuando Amia salió apresuradamente de la casa, Noranus se alzó con un estremecimiento creyendo que la negra muerte había ganado otra batalla. Como Amia corría sin atender a sus preguntas, entró en su hogar tratando de contener los latidos de aquel corazón que parecía querer escapársele del pecho.

Attia sollozaba arrodillada junto al camastro en el que yacía Ater. Ya no se oían gritos ni risas. Noranus se aproximó lentamente y miró atemorizado sobre la cabeza de su madre; pero en seguida sonrió con alivio y su corazón comenzó a calmarse: Ater no había muerto; estaba muy pálido y una inmensa tristeza se reflejaba en sus ojos hundidos, pero vivía. Y él estaba seguro de que habría de sanar. Ahora mismo iría a la fuente del monte sagrado y regresaría con el ánfora más grande rebosando agua benéfica. Casi tropezó en el camino con Amia que regresaba con Astio, el médico heleno.

—¡Ater sanará! —les gritó sin interrumpir su carrera.

Ater comenzó a sanar, y cuando le abandonaron las fiebres y, poco a poco, volvieron a su ánimo y a su cuerpo una parte de las perdidas fuerzas, habló de reorganizar los ejércitos, volver contra Roma y arrojarla para siempre de las tierras que no le pertenecían. Sin embargo, no podía alzarse del lecho porque, cuando intentaba hacerlo, las piernas no le sostenían. Ater pensaba que los muchos días que había estado sin moverlas eran la única causa de que no le obedecieran. Sin embargo, Astio, el médico heleno, examinándolas, movía preocupado la cabeza y hablaba de huesos dañados y movimientos perdidos para siempre; pero Ater no quería creerlo, continuamente trataba de ejercitarlas y tomaba cuantas hierbas medicinales y aguas benéficas quisieran darle. Sin embargo, no conseguía sino moverlas débil y lentamente.

Pasó la estación del gran calor y sus piernas aún no le sostenían. Lisias, las mujeres y los niños de la familia acudían a cultivar los campos, trabajando de la mañana a la noche, y él seguía allí, atado al camastro, sin hacer nada de provecho.

La tristeza se le mudó en ira, a oleadas le subía al corazón y a la mente y, sintiéndola crecer, pensaba que, si sus piernas no le obedecían, él habría de doblegarlas, aunque fuera a golpes, del mismo modo que se hacía con un caballo rebelde: «¡Y ahora mismo comenzaré a hacerlo!», se dijo una tarde en la que, hallándose solo, la paciencia le había abandonado.

Con grandes esfuerzos, alzando el cuerpo con la única ayuda de sus brazos, consiguió sentarse en el lecho. Tomó luego una de sus piernas con las dos manos y, doblándola, la sacó del camastro; lo mismo hizo luego con la otra: «Habréis de obedecerme —susurró palpándolas—. Únicamente es necesario un esfuerzo y volveré a caminar... No tengas miedo, Ater, hijo de Norisus, ha de ser fácil», se dijo para infundirse valor. Se apoyó con fuerza en los brazos e intentó alzarse. Las piernas permanecieron dobladas y apenas sus pies se movieron... «Prueba otra vez, Ater, hace mucho que no las utilizas», pero aquellas piernas inútiles, que eran semejantes a astas de lanzas, seguían sin moverse.

—¡Vamos! —gritó enfurecido.

Venció el cuerpo hacia adelante para tomar mayor impulso y cayó del camastro, arrastrándolo tras de sí.

En el suelo le abandonaron todos sus ánimos; pidiendo a gritos la muerte para aquel cuerpo inmóvil del que se hallaba prisionero, lo hallaron Lisias y Noranus cuando regresaron de los campos.

Desde entonces vivió sumido en la desesperación; un día tras otro, todos eran igualmente amargos. Sentado a la puerta, veía transcurrir el tiempo con los ojos clavados en cualquier lugar, sin que ni el amor de los suyos ni las palabras amigas de Lisias o Togialcos le devolvieran algo de sus perdidas esperanzas. A nadie parecía oír, ni aun a Imilce que, olvidando el dolor que sentía por la muerte de Cexaecus, su padre, y Cormobás, su hermano, le hablaba de mil cosas distintas.

Pero, comenzando la estación templada, sin que ya nadie lo esperara, volvieron el sosiego y las fuerzas a su espíritu dolorido. Fue Imilce la que, una hermosa y calmada tarde, le llevó el consuelo que necesitaba. Al pasar ante el taller de un ceramista, recordó la habilidad de Ater y la belleza de las figuras que en otros tiempos modelaba, y tomando una porción de barro la dejó a su lado, como si allí la hubiera olvidado. Ater lo cogió distraído y sus dedos comenzaron a darle forma; primero con lentitud y desgana, después con mayores prisas y más tarde con verdadera ansiedad. Al llegar Noranus prorrumpió en exclamaciones de asombro, y Ater, como si despertara de un sueño en el que hubiera modelado sin advertirlo, contempló también asombrado, las figuras que habían salido de sus dedos. Tras unos momentos de angustiado silencio, comenzó a quebrarlas, con tanta ira y dolor que parecía querer destruirse a sí mismo, destruyéndolas. A sus voces acudieron Attia y Amia, que se hallaban en el interior de la casa, y muy pronto llegó también Lisias, que regresaba del recinto de los animales. Entre todos, después de muchos esfuerzos, pudieron al fin calmarlo.

Viéndolo calmado, Attia y Amia volvieron a los quehaceres de la casa y el pequeño Noranus volvió a sus juegos; pero Lisias e Imilce permanecieron con él durante el resto de la tarde.

Todo el dolor de su espíritu salió entonces a la superficie, y Ater, como si ya no pudiera soportar por sí solo tanto desánimo y pesadumbre, los volcó en los espíritus de sus amigos:

—Tú, Lisias, que eres mi hermano, acércame un cuchillo o pon una falcata al alcance de mi brazo. Y tú, Imilce, que un día juraste ante los dioses que me habrías de dar amistad mientras quedara aliento en tus labios, busca para mí en los campos plantas de adormidera en número suficiente para que el sueño se convierta en muerte, o devuélveme el ceñidor de mi túnica, que Attia y Amia retiran de mis vestidos, para que con él no rodee mi cuello —suplicaba con tanta desesperación y mirándolos con dolor tan intenso, que era muy difícil para Lisias e Imilce sostener sus miradas.

—¡Por los dioses! Dadme alguna cosa, cualquiera, con la que ponga fin a esta vida que me aprieta hasta ahogarme, porque las sombras inciertas de la negra muerte son para mí amables y luminosas cuando las contemplo desde la triste y larga quietud en la que vivo.

—Tú eras antes valeroso y fuerte, y no hurtabas el pecho a ningún peligro ni esfuerzo, por grandes que fueran... —exclamó Imilce apesadumbrada tras un largo y doloroso silencio.

—Yo era antes valeroso y fuerte, tú lo has dicho, y a ningún peligro volvía la espalda; pero antes era un guerrero... y ahora ¿qué soy? —preguntó con amargura.

—Se es hombre antes y después de ser guerrero —susurró Lisias.

—¿Soy un hombre? —gritó Ater golpeando sus piernas.

—Así pues, ¿en tus piernas estaba el hombre que tú eras? —preguntó Lisias.

Ater no supo hallar respuesta.

—En algunas ocasiones es necesario más valor para seguir viviendo que para morir —exclamó Imilce.

—Tu padre ha muerto, sus parientes más próximos también han muerto, si tú mueres ahora, ¿quién aliviará el dolor de sus hijos y sus esposas?, ¿quién, pasados los días de la gran tristeza, habrá de buscar nuevos maridos para ellas? Norisus lo hizo así con Tota, esposa de Abionnus, y tú, escondido en tu propio dolor, te olvidas de aquellos a quienes él hubiera dado protección —añadió Lisias.

Ater callaba sumido en sus pensamientos.

Con lentitud y temor acercó Imilce el barro nuevamente a él. Ater no lo tomó, pero tampoco lo rechazó.

—Las mujeres y los niños trabajan los campos de sol a sol, tú quieres acudir en su ayuda y no puedes hacerlo; sin embargo, en tus manos se halla la prosperidad de tu casa, y ¡no las empleas! —exclamó Lisias con una dureza que hasta entonces nunca había utilizado.

Ater no tomó el barro aquella tarde ni tampoco a la mañana siguiente; pero Lisias advirtió con satisfacción que se ocupaba de humedecerlo. Dos días más tarde, cuando regresó de los campos con las mujeres y los niños, lo halló rodeado de cráteras y ánforas, tan hermosas que ningún ceramista, ni heleno ni edetano, hubiera podido hacerlas mejor.

El pequeño Noranus corrió hacia él rebosando alegría y observó maravillado la placa de barro en la que se representaba a un guerrero con sus armas en alto conduciendo de la brida un hermoso caballo.

—¿Qué quieren decir estos signos? —preguntó señalando las letras que se hallaban grabadas en la parte superior.

—Norisus, hijo de Garo, que fue amado por los dioses y los hombres —respondió Ater acariciando su cabeza—. Ahora es de barro, Noranus, pero más adelante, la estela funeraria que señale la sepultura de nuestro padre habrá de ser de bronce.

El pequeño gran guerrero Noranus sonrió y, despojándose de su anterior seriedad de hombre, marchó, saltando, a reunirse con otros niños.

16
Uardhā

PASADOS los días de la gran tristeza, la vida en Edeta siguió el curso que las estaciones y los acontecimientos le marcaban: siembra, siega, trilla, labranza; beribraces y bandoleros de la Celtiberia acercándose a los pastos y a los ganados... Las ausencias se convirtieron en recuerdos y las heridas en pálidas señales sobre la piel. En apariencia las cosas volvían a ser como fueron. Donde antes estaban los púnicos, ahora estaban los romanos, y tanto daba pagar tributos a los unos como a los otros.

También en apariencia los pueblos de Iberia callaban, y hombres y mujeres, en silencio, inclinaban sus espaldas para soportar las cargas que Roma les imponía. Viéndolos callados, los romanos creyeron que, habiendo muerto Indíbil en el campo de batalla y más tarde Mandonio y otros jefes bajo la espada vengadora de Roma, no quedaban ya hombres capaces de mover a otros hombres. Pero allí estaba Belisteges en las orillas del Iber, Culchas y Luxinio en las del Baitis, Togialcos en las del Tirius, y tantos otros que, manteniendo alzados corazones y ánimos,

aguardaban únicamente la ocasión propicia para alzar sus falcatas.

En la familia de Norisus, el guerrero, la vida también seguía su curso: Amia y Togialcos se casaron al comienzo de la estación cálida; Ater se afanaba de tal forma en la cerámica, que en ella tenía puestos todos sus sentidos y todos sus anhelos. Eran tan delicadas las formas de cuencos, cráteras y ánforas, y tan hermosas las escenas pintadas sobre ellos, que muy pronto llegaron para adquirirlos comerciantes de distintos puntos, primero de la Edetania, y de toda la Iberia después. Pasado algún tiempo, la prosperidad y el sosiego volvieron a la familia de Norisus, el guerrero, y era Ater quien, con el trabajo de sus manos, se ocupaba de su sustento y del de las familias de Garónicus e Hirluteyo,